主编　王泉根

阅享

少年阅享世界文学名著经典读本（简写本）

斯巴达克思

（意）乔万尼奥里 著　杨玉珍 改写

苏州大学出版社
Soochow University Press

图书在版编目(CIP)数据

斯巴达克思/(意)乔万尼奥里著;杨玉珍改写.—苏州:苏州大学出版社,2016.7
(少年阅享世界文学名著经典读本:简写本/王泉根主编.第二辑)
ISBN 978-7-5672-1723-2

Ⅰ.①斯… Ⅱ.①乔… ②杨… Ⅲ.①长篇小说－意大利－近代 Ⅳ.①I546.44

中国版本图书馆CIP数据核字(2016)第167337号

少年阅享世界文学名著经典读本(简写本)第二辑
斯巴达克思
(意大利)乔万尼奥里 著 王泉根 主编 杨玉珍 改写

责任编辑	刘一霖
装帧设计	刘 俊
出版发行	苏州大学出版社
	(苏州市十梓街1号 邮编:215006)
	(网址:http://www.sudapress.com)
排 版	镇江文苑制版印刷有限责任公司
印 刷	苏州市大元印务有限公司
开 本	700 mm×1 000 mm 1/16
印 张	9.75
字 数	195千
版 印 次	2016年7月第1版 2016年7月第1次印刷
书 号	ISBN 978-7-5672-1723-2
定 价	18.00元

版权所有 翻印必究 印装差错 负责调换
苏州大学出版社营销部 电话:0512—65225020

导　　读

　　拉法埃洛·乔万尼奥里(Raffaello Giovagnoli，1838—1915)，意大利作家，1838年生于罗马一个律师家庭。早年加入过撒丁王的军队，参加过1859年、1860年和1866年的战役。曾担任远征军的纵队长，在攻打罗马时立下过战功。1870年退役后从事文学创作和新闻工作，后在威尼斯和罗马教授文学、历史，曾担任罗马高等师范学校校长。1915年7月15日逝世。

　　乔万尼奥里不但是一个优秀的作家，还是一个历史学家，对古罗马历史有着渊博的知识，写过几部有关共和时代、帝制时代和教皇时代的历史著作，如《彼莱格利诺·罗西和罗马亚省的革命》，记叙罗马人民1848年反对奥地利侵略者的武装起义。他还写过许多历史小说、历史剧和诗歌。历史小说多以古罗马生活为题材，如《萨杜尔尼诺》《梅萨利那》等。

　　长篇历史小说《斯巴达克思》是乔万尼奥里的代表作，发表于1874年。乔万尼奥里是一个民主派战士，因此对斯巴达克思的奴隶起义寄予满腔的同情和理解，在斯巴达克思身上倾注了自己的崇敬和爱戴。在19世纪的欧洲文学中，以被压迫者为主角的作品是不多见的。公元前1世纪70年代的罗马是一个奴隶制国家，连年的对外扩张使大量战俘沦为奴隶。大量的奴隶被迫从事繁重的劳动，有的则成为贵族和统治者用于取乐的角斗士。他们的命运十分悲惨，稍有不从就遭到鞭打、烙刑或被钉死在十字架上。残酷的奴隶制在罗马引发了多次奴隶起义，斯巴达克思起义便是其中最大的一次。起义虽然被强大的

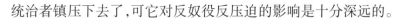

斯巴达克思

统治者镇压下去了,可它对反奴役反压迫的影响是十分深远的。

《斯巴达克思》以真人为原型,生动地描述和反映了可歌可泣的奴隶起义,成功地塑造了奴隶起义领袖的光辉形象,同时塑造了一批英勇无畏的奴隶战士的英雄群体。

斯巴达克思是色雷斯人,在作战时为罗马所俘,不幸沦为角斗士。被俘前,他是色雷斯部族中的一位族长,曾受过良好的教育。他英俊、威武而又有智慧,有一颗仁慈高尚的心,对爱情执着而又真诚。在苏拉举行的角斗中,经过一番血淋淋的厮杀,30个色雷斯人只有他一个还活着,而他们的对手沙姆尼特人却还有四个。面对强有力的对手,斯巴达克思沉着机智,勇猛顽强,巧施计谋,杀死了三人,制伏了最后一人,并使观众让他活了下来,他就是后来成为最坚定的起义者的克利克萨斯。斯巴达克思超人的英勇和机智征服了狂热的观众,他们一致要求苏拉给予他自由,贵夫人范莱丽雅和贵族卡提林纳也希望苏拉给予他自由。于是,他得到了自由。

成为自由人的斯巴达克思并不因此而满足,他对残暴的奴隶制深恶痛绝,为千百万仍将在角斗场上用生命娱乐贵族的角斗士和锁在铁链上的奴隶们的悲惨命运而忧愤,决心将酝酿中的角斗士起义付诸行动。在角斗士们聚会的维纳斯小酒店里,他与沦为妓女的妹妹意外相逢,痛心之余,他想尽办法使妹妹脱离了妓女生涯,成了范莱丽雅的贴身奴隶。而这时的范莱丽雅已成了苏拉的妻子。范莱丽雅虽身为贵夫人,却心地善良,对无比英武的斯巴达克思十分钟情,而斯巴达克思也对她的美丽和善良深爱不已。然而,为了起义大业,斯巴达克思告别了心爱的女人和即将出世的孩子,到了加普亚角斗学校。

老戏子梅特罗比乌斯在无意中偷听到起义的秘密,尽管同情起义的大祭司恺撒及时警告了斯巴达克思,可起义还是陷入了困境。在没有武器的情况下,在罗马军的包围中,斯巴达克思义无反顾,冒死举行了起义。他带着冲出来的九十多个角斗士向维苏威火山进发,一路上不断地发动奴隶和角斗士起义,并用贵族庄园里能找到的镰刀、梭镖等武器装备起来。上山时，队伍已经由九十多人发展到了六百人。接着，诺埃玛依带着九十个逃出重围的角斗士上山会合，一起打败了罗马军的第一次追剿。

起义军在斯巴达克思的带领下，连连击溃了罗马军的进攻，威名大振，各地的角斗士和奴隶纷纷前来投奔，队伍迅速发展到了万人。开始，罗马元老院并不把斯巴达克思的起义放在眼里，根本不当一回事。随着派去消灭起义军的罗马军一一惨败后，罗马元老院大为震惊，紧急商议后，执政官亲自前往起义军大营，诱降斯巴达克思，许诺他高官厚禄，还允许他与范莱丽雅结婚。爱情是他最渴求的幸福，可奴隶们的解放大业更是他执着的追求，更何况，一个正直高尚的人，岂能用他人的利益去换取自己的幸福！在巨大的诱惑面前，斯巴达克思毫不动摇。

执政官刚灰溜溜地回罗马去，希腊妓女的诱惑又向斯巴达克思发起了攻势。在灵与肉的严峻考验面前，斯巴达克思最终战胜了如火如魔的情欲。

可是，心灵扭曲的爱芙姬琵达却从此由爱生恨，用卑鄙无耻的手段迷惑住头脑简单的勇将诺埃玛依，最终使他叛离了起义军，导致了日耳曼军团的覆没。一些不守军纪的指挥官没有从中吸取教训，而是仿效起诺埃玛依叛离的行为，使具有深明远见的斯巴达克思不得不放弃正确的抉择，被迫违心地向罗马进军，走上了一条灭亡之路。

心怀险恶的女人在诺埃玛依惨死后，以英勇负伤的假象赢得了斯巴达克思的信任，又一次施阴谋使克利克萨斯的三万人马遭到了毁灭，重创了斯巴达克思和起义军。

怀着失去战友的悲痛和对丑恶妓女的愤怒，斯巴达克思痛击敌人，生擒了四百名贵族军人，用一百名去交换妓女，遭到了克拉苏的拒绝，却换回了一千多名被俘士兵。玩火者必自焚，最后，爱芙姬琵达在企图谋害斯巴达克思的妹妹密尔查时，被自己埋伏下的弓箭手误射，饮箭而死，结束了她可悲、可恨、可耻的一生！

为了尽快消灭起义军,立功受奖,克拉苏在大军进逼的情势下,向斯巴达克思劝降,许他以副将的官职,遭到了斯巴达克思的拒绝。斯巴达克思的凛然正气令罗马将军大为赞叹。

尽管斯巴达克思具有卓越的军事指挥才能,尽管起义军勇猛顽强,浴血奋战,但五万人马终究敌不过克拉苏的九万大军。斯巴达克思血战到最后,难挡前后左右射来的投枪,怀着对自由的向往壮烈牺牲。

这是一个沉重、沉痛而又动人的故事。作者用震颤的笔尖活生生地展现了奴隶制度血淋淋的残暴,用犀利的笔锋深刻地揭示了统治者腐败奢靡的丑恶灵魂;用激情的笔调托出了一个不朽的英雄,歌颂了人类美好高尚的心灵。

目　录

血腥的娱乐 …………………………………………… 1

　　意大利暴君苏拉为了忘却折磨他的皮肤病,狂宴罗马市民。今天,他将让罗马人与他共同欣赏一场精彩的角斗。而那不幸的角斗士们将不得不相互残杀……

一比四 ………………………………………………… 6

　　一个英俊威猛的色雷斯角斗士在队友们都死去后,一人面对四个强有力的沙姆尼特人,他却以惊人的勇气和超人的智慧成为角斗场上的英雄。他征服了所有人的心,因而获得了自由。

在维纳斯小酒店里 …………………………………… 11

　　胜利之夜,角斗士的朋友在小酒店里为斯巴达克思庆祝,可他是个忧郁的胜利者。就在这里,他意外地与沦为妓女的妹妹相见了。

妒火中烧的希腊名妓 ………………………………… 19

　　美艳绝伦的希腊妓女爱芙姬琵达也为斯巴达克思所吸引,却遭到斯巴达克思的拒绝。当她得知已成为苏拉夫人的范莱丽雅和斯巴达克思的恋情后,不由妒火中烧,心怀险恶……

斯巴达克思

苏拉之死 24

残暴成性的苏拉在寻欢作乐的酒宴上,竟要求斯巴达克思与角斗学校的角斗士进行角斗。紧急关头,范莱丽雅巧妙地灌醉了苏拉,没想到他却在酒醉中死去了。

山雨欲来 29

苏拉死后,意大利陷入争权夺利的混乱当中。角斗士起义的计划也正在加紧进行。为了起义大业,斯巴达克思毅然告别了心爱的女人,离开了罗马。

傅林娜圣林里的醉汉 35

老戏子梅特罗比乌斯醉卧于傅林娜圣林,无意中偷听到角斗士起义的机密。在向执政官告密前,他先到了恺撒的家里……

起义 42

由于马出了意外,斯巴达克思比罗马元老院的紧急公文晚到了一步,巴奇亚图斯角斗学校已经被重兵包围了……斯巴达克思义无反顾,让角斗士们用火炬作武器,冒死举行了起义。

在维苏威火山上 48

斯巴达克思带领着冲出来的九十八个角斗士前往维苏威火山。在路上,他成功地发动贵族庄园的奴隶起义,使队伍壮大到六百人。在维苏威火山上与诺埃玛侬会合后,打败了前来进攻的一千多罗马兵。

从六百到一万 53

三千罗马兵把斯巴达克思的勇士们围困在山上,想把他们活活饿死。斯巴达克思巧妙地从万丈悬崖神奇突围后,起义军越战越勇,日益壮大,已达万人。

密尔查、爱芙姬琵达和她的捐赠 ················· 62

密尔查和爱芙姬琵达两个年轻女人先后来到了起义军的营垒。密尔查为了亲爱的哥哥,希腊名妓却是为了疯狂的爱情,不仅抛弃了奢侈舒适的淫乐生活,而且把她的全部家产捐给了起义军。

战胜了将军,也战胜了诱惑 ················· 71

罗马派来的将军们一个个败下阵来,执政官前去诱降也败下阵来。希腊名妓的诱惑使斯巴达克思经受了灵与肉的严峻考验⋯⋯

落入温柔陷阱的雄狮 ················· 83

斯巴达克思把爱芙姬琵达派去给诺埃玛依做传令官,没想到却使一个战场上的勇者落入险恶女人布下的温柔陷阱,透露了军事机密,结果使身负重命的秘密使者惨遭暗算。

流浪艺人的罗马之行 ················· 89

卢提里乌斯遭暗算后,斯巴达克思秘密派遣阿尔托利克斯化装成流浪艺人前往罗马,游说卡提林纳没有成功,却除掉了可恶的告密者。

诺埃玛依之死 ················· 95

被爱芙姬琵达饱灌迷魂汤的诺埃玛依,最终叛离了斯巴达克思,致使两个日耳曼军团全军覆没,他也壮烈地死在了战场上。可悲的是,他在死前还在呼唤着爱芙姬琵达的名字!

痛苦的违心抉择 ················· 107

由于目无军纪的几个指挥官的叛乱,斯巴达克思不得不放弃了正确的抉择,违心地率军去攻打罗马,从此步入绝境……

火葬克利克萨斯 117

由于爱芙姬琵达的险恶阴谋,克利克萨斯和他的三万大军惨遭厄运。斯巴达克思痛失良友,化悲痛为力量,在战斗中擒获三百贵族俘虏,在火葬克利克萨斯时强迫他们角斗殉葬……

自饮其箭的希腊名妓 129

使斯巴达克思痛失良友还嫌不够,爱芙姬琵达还想使他失去心爱的妹妹。她在密尔查将去祭祀的小神庙的路上埋伏了弓箭手,没想到饮箭身亡的却是她自己……

五万对九万 137

在罗马几路大军的围剿下,斯巴达克思被迫与人数占绝对优势的克拉苏决一死战。这是一场惊心动魄的血战,也是一场悲壮的牺牲……

血腥的娱乐

意大利暴君苏拉为了忘却折磨他的皮肤病,狂宴罗马市民。今天,他将让罗马人与他共同欣赏一场精彩的角斗。而那不幸的角斗士们将不得不相互残杀……

罗马纪元六百七十五年十一月十日。

清晨,罗马城里的人们不等天亮就起来了。工匠、贫民、释放奴隶、乞丐、戏子、舞女、残废老兵和浑身创痕的老年角斗士,所有形形色色的人组成一条喧哗的人流,乱纷纷地快活地向着大斗技场涌去。今天,那里将有一场精彩的角斗。

意大利的统治者,能使整个罗马发抖的人卢齐乌斯·考尔涅里乌斯·苏拉,为了忘却那折磨了他多年的皮肤病,特地出钱让罗马市民和他一道狂宴三天,并享受种种娱乐。而今天的角斗表演就是种种娱乐之一。狂宴是从前天开始的,在马尔斯广场和第伯尔河旁的空地上,残暴的独裁者大摆筵席,用丰富的食物和醇厚的葡萄酒款待了全罗马城的人们。

虽然罗马人心底里恨透了苏拉,但还是接受了这个独裁者的宴请。山吃海喝后又潮水般地涌到了斗技场。

大斗技场矗立在帕拉丁山和阿文丁山之间的莫尔西亚山谷中,它有两千一百八十罗马尺长,九百九十八罗马尺宽,可以容纳十二万观众。这是一座椭圆形的有十三道拱门的高大建筑物。中间的那道拱门叫正门。正门的对面有一道凯旋门,是为胜利者准备的。右面的一道门叫死门,工役们用长长的挠钩扎住那些死去或者快要死去的角斗士的鲜血淋漓的残缺肢体,把他们从那道阴惨惨的门里拖出去。

一天中最好的时光开始了,生气勃勃的阳光从云层中透了出来,把山上的教堂和那些白色大理石墙的贵族邸宅的屋顶照得金碧辉煌,也照暖了坐在斗技场石阶看台上的罗马人。看台上最好的位置是属于富得流油的达官显贵们的,他们的看台远离平民。只见那些盛装的纨绔子弟们打开了伞,撑在华丽美貌的贵夫人和姑娘们的头上,替她们遮挡灼热的阳光。

在那些贵族们中间,在靠近凯旋门的地方,坐着一位极其美貌的贵夫人。在那月亮般迷人的面庞上,有着光洁的前额,纤巧的鼻子,黑灵灵、水晶晶的眼睛,两片燃烧着的红唇;浓密柔软的黑发轻垂双肩,一袭华丽的白色长裙下透着丰满婀娜的身姿……天哪,这是一个真正的罗马美女。她就是范莱丽雅,据说由于不会生儿子,她的丈夫和她离了婚,然而暗地里却有人在传言她是个不贞的女人。此时,她正和身边的两位神情傲慢的贵族老爷在谈着话。

忽然,场上响起了一阵并不热烈的掌声,苏拉由他的党徒和元老们簇拥着从凯旋门进入了会场。这位独裁者已经五十九岁了。他体格魁梧,但显得异常疲惫,慢吞吞地没精打采地往前走。他的脸非常可怕,东一片西一片地散布着白色的斑点,这就是折磨他多年的不治之症。本来他的相貌可以说是很威武的,宽阔的前额,一头浓密的红棕色的头发,狮子般大大的鼻子。在他那山鹰般明亮锐利而又阴沉的眼睛里,透着残忍渴血的统治欲望。由于放荡宴饮、沉溺酒色,他过早地显出了衰老。他没有穿拉丁民族的外套或是世代相传的宽袍,而是着一件白色的阿拉伯式羊毛长袍,外披华丽的火红色镶金边的希腊式外套,一个金扣子在右肩那儿系住了外套,扣子上的宝石在阳光下发出炫目的光芒。他拿着一根金头手杖,右手的无名指上戴着一个金指环,指环上镶着一颗巨大的血红的宝石。听到掌声后,苏拉的脸上浮起了一丝冷笑。

苏拉就座后，两个执政官发出了表演开始的信号。于是，一百个角斗士出了拱房，列成纵队沿着斗技场行进。走在最前面的一对角斗士是鱼网角斗士和鱼盔角斗士，角斗表演将由他们开始。虽然他们中间的一个不久就要送命，但两人还是一边走一边若无其事地交谈着。在他们的后面是九对绳网角斗士和九个追击角斗士，绳网角斗士的手里拿的是三齿叉和绳网，追击角斗士拿的却是盾牌和短剑。在这九对人的后面是三十对正式的角斗士，他们中一半是色雷斯人，一半是沙姆尼特人。色雷斯人穿着鲜红色的短衣，拿着笔直的短剑和小小的正方形盾牌；沙姆尼特人穿着淡蓝色的短衣，手里拿的也是同样的短剑和盾牌。行列的末尾是十对穿白短衣的蒙面角斗士，他们仅有的武器是一把短短的匕首。这些不幸的人，将进行捉迷藏似的角斗，以此长久地娱乐观众，直到工役用烧红的铁条把他们赶到一块，直至斗死为止。一百个角斗士在观众们的掌声和喊叫声中绕场一周，当他们在苏拉的座位下经过时必须抬头高喊："伟大的独裁者，我们向您致敬！"

绕场一周后，角斗士们回拱房去了，撒着大理石粉末的闪闪发光的角斗场上，留下了面对面站着的鱼网角斗士和鱼盔角斗士。

顿时，一切都静寂了。

人们的眼睛全都注视着那两个准备厮杀的人。鱼网角斗士站在离鱼盔角斗士二十步开外的地方，鱼盔角斗士伸出左脚支撑着微微前倾的身子，紧握着短剑，等待着对方的进攻。突然，鱼网角斗士猛地向前一跳，闪电般迅疾地朝对方撒出了鱼网。鱼盔角斗士向后一跳，避开了鱼网，接着向鱼网角斗士猛扑过去。鱼网角斗士忙用三齿叉刺了过来，却被对方的盾牌挡住了。于是，鱼网角斗士只得拔脚飞逃，但很快便被截住了。他脸色惨白，挥舞着三齿叉绕着对手团团转。突然，鱼盔角斗士用盾牌挡开了他的三齿叉，抢着短剑向他刺去。鱼网角斗士迅速地跳向一边，但动作不够灵活，短剑一下刺伤了他的左肩，鲜血顿时流了出来。

"一点轻伤，这算不了什么！"鱼网角斗士高声地叫道。

斯巴达克思

他那无畏的叫声赢得了观众一阵阵的掌声。

掌声使鱼盔角斗士十分嫉妒,他恶狠狠地向鱼网角斗士扑了过去。鱼网角斗士一边躲避着对方的进攻一边嘲弄地叫着:"来啊,高卢人!你这漂亮的大鱼!"

鱼盔角斗士被激怒了,不顾一切地扑了过去。这一次,鱼网角斗士非常成功地撒出了鱼网,一下就把他给罩住了。

观众发疯般地鼓起掌来。

鱼盔角斗士在网里拼命地挣扎着。

鱼网角斗士高举起三齿叉,忘乎所以地大叫着:"我捉到鱼了!我捉到鱼了!"

这时,鱼盔角斗士用力撕破了鱼网。鱼网落到了他的脚上,虽然双脚一时还不能移动,但双手已经能够对付攻击了。鱼网角斗士见状忙用三齿叉狠狠地刺了过去,鱼盔角斗士忙用盾牌去挡,盾牌裂开了,三齿叉刺伤了他的臂膀,但就在这一刹那间,他用另一只手拉住了三齿叉,把短剑猛地刺进了对手的右腿。鱼网角斗士放弃了三齿叉转身就逃,在身后留下一路鲜红的血迹。最后,他摇晃了几下,仰面倒在地上。鱼盔角斗士由于用力过猛也跌倒了,他爬起来,拉开脚上的鱼网,向已经倒在地上的对手扑去。

观众又发疯似的鼓起掌来。

鱼网角斗士按照惯例,用左肘撑起身子,把他惨白的脸转向观众,要求他们来决定他的命运。

鱼盔角斗士用脚踏住对手的身体,把短剑对准了他的心窝,然后抬起头向四周望去。只见大多数的观众把右手大拇指往下一按,那是死亡的信号。只有少数的人举起握着的右手,弯着大拇指,这是活命的信号。鱼盔角斗士还在张望着,不料鱼网角斗士突然抬起身子,猛地抓住短剑刺进了自己的心窝。鱼盔角斗士连忙拔出短剑,一股热腾腾的鲜血扑哧扑哧地直往外冒。鱼网角斗士的身体在剧烈的痛苦中弯曲起来,发出一个非人的可怕声音:"万恶的罗马人!"

观众疯狂地鼓着掌,兴奋地欢叫着。

两个工役用烧红的烙铁把鱼网角斗士烙了两遍,确定他已经死了,便用长长的挠钩把他从死门拉了出去。几个工役拿来一些亮晶晶的大理石粉末,撒在大摊大摊的血迹上。于是,角斗场又在阳光下像银子般地闪闪发光了。

一 比 四

一个英俊威猛的色雷斯角斗士在队友们都死去后,一人面对四个强有力的沙姆尼特人,他却以惊人的勇气和超人的智慧成为角斗场上的英雄。他征服了所有人的心,因而获得了自由。

角斗按规则进行着,每一次流血和死亡都会给观众带来莫名的兴奋和满足,他们都会毫不吝惜地奉上狂热的掌声和叫声。

当追击角斗士和绳网角斗士的角斗以7个追击角斗士和5个绳网角斗士死亡宣告结束时,工役们便忙着拖拉尸体和消除血迹的工作。

范莱丽雅把目光从角斗场上收回来,落在了离她不远的苏拉身上。她对着那位英名远播的传奇巨人久久地凝视着,心里充满了对英雄的仰慕,不由自主地起身走到他的身后,轻轻地从他那希腊式的外套上抽下一根丝线。苏拉立刻回过头去,惊奇地望着她。

"请别见怪,大人!我抽下这根线来不过是为了分享你的一丝光荣。"范莱丽雅柔声说,露出满脸迷人的微笑。

苏拉望着她,什么话也说不出来。

范莱丽雅按当时的风俗把手举到嘴唇上,步履轻盈地回到自己的座位上去。

"这是谁?"苏拉转过身来问道。

"这是范莱丽雅。"苏拉身旁的陀拉倍拉回答说,"梅萨拉的女儿呀。"

"哦,哦!"苏拉说,"就是荷尔顿乌斯的妹妹吗?"

"是,是的,正是她。"

苏拉又向范莱丽雅转过身去,正好碰上她投过来的爱意盈盈的目光。

这时,角斗开始的号角声响起了。

三十个色雷斯人和三十个沙姆尼特人已经列好队伍,准备厮杀。

场子里立刻又寂静下来,所有人的注意力又都集中到角斗士们身上去了。

角斗双方的第一阵接触是可怕的,在极度的静寂中,只听见一阵急骤的、短剑砍在盾牌上的铿锵声。断裂的羽毛和头盔的碎片满场乱飞,角斗士们沉重地喘息着,拼命地砍杀着,不到五分钟,场子里已经洒满了鲜血。三四个角斗士倒下了,在垂死的痛苦中挣扎着,被别的人践踏着……

角斗士的队列愈来愈稀疏,鼓掌声和激烈的喊叫声却愈来愈紧密。

渐渐地,角斗场上东倒西歪地躺满了死去或快要死去的角斗士,有的在垂死的痛苦中抽搐着,时不时发出一阵阵刺人肺腑的惨叫。

为两队角斗士下了赌注的观众现在都对沙姆尼特人的胜利有了较大的把握。场子上,七个沙姆尼特人正紧紧地围住三个色雷斯人。那三个色雷斯人正背对背地站在一起,形成一个三角形,猛烈地抵抗着在力量上占绝对优势的沙姆尼特人。

在这三个还活着的色雷斯人中,有一个叫斯巴达克思。他身材高大而强壮,容貌俊美而又英武,金黄色的头发和浓密的胡子衬托着一双蓝色的眼睛。那眼睛充满了人生经验和火一般的情感。那双漂亮的眼睛平时十分和善,此时却像两道闪电,喷射着愤怒的火焰。

斯巴达克思出生在色雷斯罗多帕山的深山里,两年前,在与侵入的罗马人作战时不幸被俘。由于他过人的体魄和勇毅,罗马人将他收编在军团中,在攻打米特里达梯斯王的战争中他表现得十分英勇出色,被升任为十夫长,并获得了用月桂叶编成的"公民桂冠"。后来,当罗马人再次与色雷斯人交战时,斯巴达克思却逃回到自己同胞的队伍中,与罗马军队作战。不幸的是他在战斗中负了伤,再次落入罗马人的手中。按照罗马的法律,他理应被处死,但角斗士的劳役使他免于一死。一个罗马军官把他卖给了一个角斗士老板,最后他被转卖到了现在的老板阿克齐恩的手里。

在沦为角斗士之后,斯巴达克思跟着第一个老板几乎走遍了意大利所有的城市,参加了百次以上的角斗,每战必胜,在意大利的斗技场中享有极高的声誉。六个月前,阿克齐恩用了一万二千塞斯太尔司的巨款才把斯巴达克思买到手。六个月来,他从未让斯巴达克思上过一次角斗场,而是让他在角斗士学校里当教师。这一次,由于苏拉付了他整整二十二万塞斯太尔司的巨款,他才让斯巴达克思第一次上了角斗场。此时,阿克齐恩激动得脸色发白,紧张而焦虑地注视着那三个色雷斯人。就在这时,只见斯巴达克思十分利索地刺死了一个围困他的沙姆尼特人。他这漂亮的一击立刻激起了观众雷鸣般的掌声和呼喊声:"斯巴达克思!斯巴达克思!"

不幸的是他的两个色雷斯伙伴已经受了重伤,体力已十分虚弱,正勉强招架着敌人的打击。

"保护我的后背!"斯巴达克思对他的伙伴喊道,一面闪电般挥舞着短剑,竭力抵御着六个沙姆尼特人的联合进攻。"保护我的后背……再坚持一分钟……我们……会胜利的!"他的声音是断断续续的,胸膛急促地起伏着,大颗的汗珠在惨白的脸上乱滚,一双眼睛闪闪发光,燃烧着对胜利的渴望。

在他的剑光里,又一个对手倒了下去,几乎就在同时,他身后的一个伙伴也倒下去了。

斗技场里,掌声喊声响成一片。

接着,又一个沙姆尼特人在斯巴达克思的短剑下丧了命,而他的最后一个伙伴也被三把短剑刺中,悲惨地死了。

场子里除了遍地尸体外,还站立着斯巴达克思和他的四个对手。斯巴达克思只受了三处轻伤,而他的对手们显然要比他伤得重一些,但毕竟他们是四个人,一比四,活命的希望实在是太小了!

紧张的气氛笼罩着整个场子,喊叫声骤然停了,十几万双眼睛聚焦在那力量悬殊的五个人身上。

突然,斯巴达克思拔脚就逃。四个沙姆尼特人立刻就紧追上去。跑着跑着,斯巴达克思突然回转身,朝着紧跟其后的那个沙姆尼特人狠狠地就是一剑。那人刚倒下,第二个人便冲了过来。说时迟那时快,斯巴达克思左手用盾牌挡开刺过来的剑,右手就把剑刺进了他的胸膛。

"斯巴达克思!"

"斯巴达克思!"

顿时,满场子呼喊着一个响亮的名字。

斯巴达克思冷静地立在那里,望着正在向他跑过来的身负重伤的第三个敌手。斯巴达克思没有用剑刺他,只是用盾牌在他的头上打了一下,那沙姆尼特人晃了两下就倒了。紧跟着,最后一个对手赶到了。从他踉踉跄跄的脚步看来,他已经精疲力竭了。斯巴达克思竭力不去刺伤他,而是击落了他的剑和盾牌,然后把他按倒在地上,附着他的耳朵轻声说:"不要怕,克利克萨斯,我要你活着。"

斯巴达克思用一只脚踏住克利克萨斯的胸膛,用另一只膝盖跪在那个被他打昏了头的沙姆尼特人身上,把脸转向欢呼着的观众们,等待着他们做出裁决。

在雷鸣般的掌声后,几乎所有的观众都举起拳头,屈起了大拇指。

"你们可以活命了!"斯巴达克思向两个沙姆尼特人大声说,放开他们站了起来。

这时,场子里响起一阵喊声:"让勇敢的斯巴达克思获得自由!"

"自由,让他自由!"更多的声音重复着。

"噢,自由!"斯巴达克思在心里呼喊着,祈祷着,"哦,奥林波斯山上的大神啊,可不要是一场梦啊!"

"不行,不行!他曾经背叛了我们的军团。"有人大声喊着。

"不能让一个背叛者获得自由!"有不少人附和着。

"自由,自由!让勇敢的斯巴达克思自由!"更多的声音吼叫着。

"他应当获得自由。"坐在苏拉身边的贵族卡提林纳附着苏拉的耳朵说。

"是的,他应当获得自由。"那位已经让苏拉爱得不得了的范莱丽雅也叫着说。

"你愿意他自由吗?"苏拉向范莱丽雅投去询问的目光。

"是的,我愿意他自由!"美人儿说,眼睛里满是温情。

"好吧,那就让他自由吧!"苏拉对执政官说。

执政官宣布了苏拉的决定,全场掌声雷动。

"你自由了。"一个工役对闭着眼睛沉浸在祈祷里的斯巴达克思说,"苏拉已经把自由赐给你了。"

斯巴达克思没有回答,也没有睁开眼睛,他恐怕一切都是幻想。

"恶棍,你的勇敢叫我破产啦!"忽然,有人在他耳边低声说。

斯巴达克思这才睁开眼睛,看见角斗士老板阿克齐恩正站在自己面前。他使斯巴达克思明白了这不是梦境,自己已不再属于这个贪婪的人。于是,他挺直自己强健的魁梧身躯,先向苏拉鞠躬,再向观众们鞠躬,再鞠躬!然后,他快步穿过凯旋门,在重新爆发的掌声中离开了斗技场。

在维纳斯小酒店里

胜利之夜,角斗士的朋友在小酒店里为斯巴达克思庆祝,可他是个忧郁的胜利者。就在这里,他意外地与沦为妓女的妹妹相见了。

在埃斯克维林区一条最偏僻、最狭窄、最污秽的街道上,有一家小酒店,酒店的名称叫"里比金娜·维纳斯"。酒店的门口挂着一块画着维纳斯女神的招牌,每到夜晚,一盏晃来晃去的小灯便照耀着那可怜的女神,吸引着过往行人的注意。

十一月十日这天晚上,维纳斯酒店里特别拥挤。老板娘鲁泰茜雅和她那像煤一样黑的女奴隶正在忙碌,热情地招待着每一位客人。在招呼人的同时,她们还在精心地准备着一桌非常丰盛的酒席。

"你这是在等待什么样的贵客到来呀?"一个客人问道。

"大概是等候马尔古斯·克拉苏来吃晚饭吧!"有人猜测说。

"不管是谁,我看准是不平常的人哩!"

大家正你一句我一句地说笑着,忽然,鲁泰茜雅热情地招呼说:"欢迎到来,亲爱的特莱庞尼!"

特莱庞尼是一个角斗士老板,几年以前,他关闭了角斗学校,靠积蓄过着闲散的生活。但是,由于自己出身于角斗士,他仍然喜欢和角斗士往来厮混。当然,他也常常为贵族们服务赚钱,接受他们的委托,替他们雇用大批的角斗士。但无论如何,他总算得上是角斗士们的朋友。这天,他当然也在观看角斗表演,为斯巴达克思倾倒。角斗一结束,他就在场子门口等候。斯巴达克思一出来他便热烈地拥抱了他,然后把他邀请到维纳斯酒店来吃晚饭。一同来的还有十几个别的角斗士。

斯巴达克思的到来使小酒店一下子欢腾起来，大家都争着来和他拥抱，说着热烈的祝贺的话语。

"行了行了，再好的话语也不能当饭吃，我看勇敢的角斗士现在需要吃点东西啦。"鲁泰茜雅大声地说着，把斯巴达克思引到准备好了的餐桌旁。

灌肠、肉丸子、烤兔肉……丰盛的食物和香醇的葡萄酒使大家胃口大开，情绪高涨。饥肠辘辘的角斗士们兴高采烈地吃喝着。

斯巴达克思却没有沾染上大家的那份热烈情绪，他不说也不笑，连吃东西也似乎很勉强。当特莱庞尼往他杯子里加酒的时候，发现他的酒杯还是满的。

"朋友，难道不想为自由干杯吗？"特莱庞尼说。

"喔，自由！自由！自由！！"斯巴达克思忽地喊出一串响亮的字眼，他双目炯炯地望着特莱庞尼，"是的，你这从前的角斗士，只有你能理解这两个字对于角斗士来说意味着什么。我终于自由了，我应当高兴，可是，说真的，我却只想哭……"

"嗨，怎么会想哭哩！你的运气多好啊，能够在还活着的时候就获得自由！"一个金发的年轻角斗士羡慕地望着他说。

"高兴起来吧，幸运的斯巴达克思！"角斗士们朝他举起了酒杯，齐声说："为自由干杯！"

"为自由干杯！"斯巴达克思终于举起了酒杯。

为自由干了一杯后，斯巴达克思又陷入了沉思，在他那双深沉明亮的眼睛里，始终透着挥不去的忧郁。不知为什么，此时，他真的很想哭，只是早已没有了眼泪。他端起特莱庞尼刚为他斟满的酒杯，静默了一会，把酒泼在地上，喃喃地说："二十八个沙姆尼特人，二十九个色雷斯人！"他猛地把酒杯摔在地上，狮子般咆哮道："这就是我的自由！"

"是的,这自由很昂贵,但属于你,不可战胜的斯巴达克思!"一个洪亮的声音从门口传过来。

大家都朝门口望过去,惊讶地看见了一个披着大黑罩袍的人。

"卡提林纳!"特莱庞尼喊道,急忙过去迎接他,"天哪,你怎么上这儿来了?这可不是你们贵族来的地方哩!"

"我是来找你的,特莱庞尼。"卡提林纳说,回头望着斯巴达克思,"而且也是来找你的。"

角斗士们对于卡提林纳并不陌生,因为这个贵族是以其残酷、大胆、暗杀和过人的谋略而闻名全罗马的。

"找我?"斯巴达克思不由自主地哆嗦了一下,诧异而紧张地望着他。

"对啊,正是找你。"卡提林纳毫不含糊地答道,走过来在斯巴达克思近旁的凳子上坐下,充满敬意地望着他,"由于你的勇敢,我在赌赛中赢了一万多塞斯太尔司,这是你用生命冒险为我赢来的,而你在得到自由后是需要金钱来生活的,所以我把那本应属于你的那一部分钱送来给你。"

"啊,谢谢你的好意!"斯巴达克思答道,"我没有权利也不能够接受你送我的钱,至于我的生活那是没有问题的,我可以继续在角斗士学校里教摔跤和剑术的。"

"哦,那我当然明白,但我还是请你收下我的一片心意。"卡提林纳不容分说地把一个钱袋塞到他的手里,并顺势短促地连握了三下他的手。

斯巴达克思被他这么一握,立刻吃惊得颤抖了一下。

"你……"他询问地望着他,目光里充满了惊讶。

"现在你明白了吧。"卡提林纳低声说,随即提高了声音:"不可战胜的斯巴达克思,我心中的英雄,请一定收下吧!"

"收下吧!"角斗士们说。

"收下吧!"特莱庞尼说。

斯巴达克思疑团重重地收下钱袋，两只锐利的眼睛直视着卡提林纳，话中有话地说："高贵的卡提林纳大人，我不知怎样才能表达我的谢意，如果你允许的话，明天我一定到府上去拜访你。"

"在我的家里，你将永远是一位受欢迎的客人！"卡提林纳说，转身去找特莱庞尼。

"这位贵族是从哪儿知道这握手的暗号的？"接下来的时间里，斯巴达克思的脑子里便总是盘旋着这个他怎么也想不明白的问题。

酒店里闹嚷嚷的，卡提林纳和特莱庞尼在一旁低声地谈话，角斗士们大多喝醉了，有的在哭，有的在笑，有的在唱歌……

突然，有人大声地喊着："罗多帕雅！罗多帕雅！"

那名字使斯巴达克思猛地哆嗦了一下，让他不由得想起了故乡色雷斯的高山。

"欢迎美人罗多帕雅！"几个醉汉狂声浪气地喊叫着。

罗多帕雅是个二十来岁的年轻姑娘，长得高大结实，有着雪白的皮肤，秀丽的脸蛋，从她的穿戴和酒客们对她的轻浮情形来看，她不是一个普通的女人，而是一个娼妓。酒客们纷纷向她敬酒，说着殷勤的话语。

心事重重的斯巴达克思只看了那姑娘一眼，便低下头想自己的心事。

突然，那姑娘尖叫了一声，扑到了斯巴达克思的面前。

"哥哥！斯巴达克思！哥哥！"姑娘朝他大声地叫着。

"什么！"斯巴达克思望着她愣住了。

"天呀，难道你不是我的哥哥斯巴达克思吗？"

"你，密尔查！这可能么！天呀，真是你……密尔查……密尔查！"

突然的沉寂中，两人相互望着，随后便扑拥在一起了。

抚爱、亲吻、流泪，一连串的冲动过后，斯巴达克思把妹妹猛地推开去，从头到脚地打量着她，脸色一阵比一阵发白，抖颤着声音问道："难道你……你……竟然是……一个娼妓！？"

"我是一个奴隶啊!"密尔查哽咽着叫道,"我的主人是一个无赖……他折磨我,用烧红的烙铁烫我……我……"

"喔,可怜的妹妹!我不幸的妹妹啊!"斯巴达克思抖颤着叫道,"快到我这儿来!"他一把拉过妹妹,紧紧地搂在胸前。

密尔查紧偎着哥哥宽阔的胸膛,伤心地哭泣着。

斯巴达克思突然怒睁着双眼,举起一只有力的拳头,愤怒地吼道:"我深深地诅咒,诅咒那把人划分为自由人和奴隶的第一个人!"

和妹妹相见后,斯巴达克思的第一个念头和第一件要做的事,就是把妹妹从那个恶棍手中拯救出来。他拿着卡提林纳给他的七千塞斯太尔司去见密尔查的老板。那贪婪的家伙感到斯巴达克思那急于使妹妹脱离苦海的迫切心情,马上抬高了价钱,要五万塞斯太尔司。为了妹妹,斯巴达克思低下自己倔强的头颅,不断地向那家伙哀求,可那贪婪的妓院老板丝毫也不肯让步。愤怒之下,斯巴达克思差点把那恶棍给活活掐死。特莱庞尼知道后,便四处为密尔查的命运奔走。最后,他把密尔查推荐给了已成为苏拉夫人的范莱丽雅。虽然这并不能使妹妹获得自由,但可以从娼妓的苦海中解脱出来,斯巴达克思只好让妹妹成了范莱丽雅的贴身女奴。

安排好妹妹后,斯巴达克思开始为那重大而秘密的事业而忙碌。他开始访问所有的角斗学校,在小酒店里和角斗士们及奴隶们频频碰头,并拜访了卡提林纳。在对卡提林纳的几次拜访后,斯巴达克思终于摸清了这位叛逆贵族的真正意图。为了推翻现在的执政者,夺取政权,卡提林纳和他的同谋者决定利用斯巴达克思把角斗士和奴隶联合起来,组成角斗士军团,用武力举行政变。斯巴达克思终于明白了,卡提林纳的所谓"起义"无非是想成为新的执政者!而角斗士和奴隶们的"起义"是为了沦陷的祖国和争取自由!斯巴达克思决定立即终止和贵族们的"合作",为了把自己的重大决定传达给角斗士和奴隶们,今天他和克利克萨斯约好在维纳斯酒店见面。

傍晚时分,斯巴达克思来到了酒店。不一会,克利克萨斯也来了。

他们默默地喝了一杯酒后,斯巴达克思低声对他说:"听着,从此以后,我们和贵族反叛者的密谋再也不存在了。我们必须立刻改变接头的切口和握手时的暗号,切口不再是'光明和自由',而是'坚持和胜利';握手时不再是短促的三下,而是用食指在对方掌心里轻轻地点三下。"

斯巴达克思说着,握住克利克萨斯的右手,用食指在他掌心里轻轻地点了三下,说:"就这样,明白了吗?"

克利克萨斯点了点头。

"那么你现在就走,不要浪费时间,让每一个小组长对手下的角斗士说,对任何用旧的切口和暗号进行联络的人这样回答:起义已经取消,因为太冒险了。"

和克利克萨斯分手后,斯巴达克思便向苏拉的府邸走去,他要去见妹妹,是密尔查要他去的。

密尔查已经得到了女主人的宠爱,成了范莱丽雅的梳妆侍女。

每次见到哥哥时,密尔查总是抑制不住喜悦和激动的心情,总是向他扑过去,两手勾住他的脖子乱吻一通。今天也不例外,不过密尔查似乎比平时更兴奋,她告诉斯巴达克思,是女主人要他来的。

斯巴达克思感到有些意外,说:"我与她素不相识,她为什么要我来呢?"

"你不认识她,可她认识你呀!"密尔查笑着说,"她不仅认识你,而且非常赏识你呦。"

"那是不可能的。"

"看来你什么也不知道,那么我告诉你,那天在斗技场上,是她请求苏拉赐给你自由的。明白吗,她对你有恩哩!"

"啊,这是真的吗?"斯巴达克思激动地问。

"那还有假!"密尔查说,要哥哥等着,她进去通报。

当密尔查来带他去见女主人时,斯巴达克思还处在激动之中,问妹妹说:"啊,她是怎样的一位仁慈善良的好人呢?"

"她不仅仁慈善良,而且非常美丽。"密尔查说,"跟我来吧,见了你就知道她有多好啦!"

在罗马贵族的府邸里,通常按照四季分成四宅,而范莱丽雅的密室就在她的冬宅里。这是一个小巧舒适的房间,四壁挂着天蓝色的绸幕,绸幕上罩了一层云雾般的白纱,上面缀着无数朵新鲜的红玫瑰花,香气四溢。无论外面有多寒冷,屋里都温暖如春。在这华丽舒适而又幽雅的角落里,范莱丽雅身披极薄的白色丝绸无袖长袍,半躺在长榻上,在幽暗的灯光下,她那波浪般披散下来的黑发掩映着圆润的双肩和丰满的臂膀,还有那半裸的洁白胸脯⋯⋯

听见脚步声,范莱丽雅轻轻坐直了身子。

走进密室,斯巴达克思面对着高贵美丽的女人几乎停止了呼吸,雕像般地立在那里。他张开了嘴,却什么话也说不出来。

"愿神灵保佑你,勇敢的斯巴达克思!"范莱丽雅微笑着,指了指一旁的椅子,殷切地说:"请坐吧。"

她那随和温雅的话语使得斯巴达克思略微镇定下来,激动地说:"神对我的保佑,已大大地超过了我所应得的,尊贵的夫人,他们把你的庇护赐给了我!"

"喔,你不仅勇敢,而且受过很好的教育。"范莱丽雅说,两眼闪动着喜悦的光辉,"听说,在你被俘前,曾是你们色雷斯人的领袖之一,是真的吗?"

"是的。"斯巴达克思答道,"我是罗多帕山色雷斯人中最强大部族的族长,我有过许多房子,成群的牛羊以及肥沃的牧场。我公正、虔诚而且仁慈⋯⋯"说到这里,他停顿了一阵,重新开口时,声音十分的低沉,"我为祖国而战,我是一个伟大的战士,遗憾的是我没有战死,沦为受人蔑视的角斗士!"

"不,你不是一个受人蔑视的普通的角斗士,你是一个不可战胜的英雄!"范莱丽雅热烈地说,毫不掩饰她对他的满腔崇敬之情。

范莱丽雅像一团火,点燃了斯巴达克思的情感,他用火山熔岩般炽热的眼神望着她,呼吸急促地说:"我不知该怎样来感谢你,我心中的女神!"

"那么,你肯答应我一件事吗?"

"悉听吩咐。"

"我想让你去管理一个角斗学校。"

这本是一个需要认真考虑的问题,可斯巴达克思不假思索地一口应承了。

妒火中烧的希腊名妓

美艳绝伦的希腊妓女爱芙姬琵达也为斯巴达克思所吸引,却遭到斯巴达克思的拒绝。当她得知已成为苏拉夫人的范莱丽雅和斯巴达克思的恋情后,不由妒火中烧,心怀险恶……

在雅诺斯神庙附近的一幢住宅里,住着希腊妓女爱芙姬琵达。她有着细柔的腰肢,丰满而有弹性的胸脯,雪花石般洁白的脸上总是泛出可爱的红晕,一双海波般湛蓝的杏眼闪烁着淫荡的火光,两片湿润肉感的红唇上浮着灼热的欲望。她还不到二十二岁,浑身散发着青春的气息和诱人的美丽。

这天中午,她斜靠在客厅长榻上那松软的紫色垫子上,和她的忠实仆从,五十岁的老江湖戏子梅特罗比乌斯在谈话。

"怎么样,你究竟探听清楚没有?"美丽的妓女问道。

"是的,我敢确定,角斗士的阴谋已经不存在了。"老戏子回答说。

"可是,在两个月前,我得到可靠消息,在角斗士中间有一个秘密会社,他们有自己的接头切口和暗号,正在密谋策划一个阴谋,想跟西西里的奴隶一样,举行一次大暴动。"

"你真的相信角斗士们会暴动吗?"

"当然,与其为别人的娱乐互相角斗而死,不如为获取自由而死,反正是一死嘛!"

"是的是的,两个月前角斗士们确确实实是这样想的,可是现在他们已经取消了那个阴谋。"

"不,我不相信角斗士们会轻易放弃暴动的念头,你还得继续盯住他们,最好是给我盯紧斯巴达克思。"说出斯巴达克思的名字,爱芙姬琵达忽然红了脸。

"唔,那个斯巴达克思吗,我已经盯了他快一个月了,看来,还真有点名堂哩!"

"啊,你发现什么了?为什么不告诉我?"

"因为事关重大,因为也许仅仅是我的怀疑,我怕会搞错,因为那关系到苏拉……"老戏子吞吞吐吐地不肯说清楚。

爱芙姬琵达生性好奇,越是别人不肯说的事,她越想知道。于是,她试探地问道:"也许,斯巴达克思想暗杀苏拉吧?"

"嗨,瞧你想到哪去了!"

"那么,会有什么关系重大的事情呢?"

"请原谅我,亲爱的姑娘,我现在不能告诉你……"

"为什么?为什么不能现在告诉我?!"爱芙姬琵达恼怒地吼道。

"因为我还没有拿到证据,我说过了,现在仅仅是怀疑。"

"好吧,你究竟怀疑什么,不妨说给我听听。"

"斯巴达克思爱上了范莱丽雅,而范莱丽雅也爱上了他。"

"啊!"爱芙姬琵达吃惊得脸色都变了,瞪圆了眼睛望着老戏子,"你敢肯定吗?"

"千真万确!"老戏子不容置疑地说,"因为事关苏拉的名誉,所以,没有拿到证据之前,我不敢对任何人说。"

"天哪!"爱芙姬琵达大叫着从长榻上跳下来,两手紧握成拳头,恼怒万分地跳来跳去,嘴里不停地说着:"原来是这样!原来是这样!"

老戏子吃惊地望着她,不明白她为什么会激动成这样。

过了一会,她走进里屋,拿出一个紧鼓鼓、沉甸甸的钱袋递给老戏子,声音颤抖地说:"我要你马上到库玛去监视斯巴达克思,这是一千个埃乌里,你拿去贿赂范莱丽雅和苏拉的女奴隶,一定要拿到他们偷情的证据,如果需要更多的钱,只管来拿就是。"

"可是……你这是……"

"别问为什么,给我尽快把证据拿回来,自有你的好处!"仍然激动不已的妓女一边说一边把老戏子推出门去。

老戏子走后,爱芙姬琵达把自己关在房间里,来回地踱着步。各种狂热的念头在她脑子里奔腾,她的神志一会儿昏昏沉沉,一会儿又清清醒醒,最后她扑到床上,一面呜呜咽咽地哭,一面用牙齿咬着自己的手,恨恨地说着:"啊,复仇女神啊,帮助我复仇吧!我要为你们建造宏伟的神殿!复仇!我渴望复仇……复仇!"

此时,这个美丽的女人的内心已经没有了人性的成分,只有残忍兽性的暴怒。

爱芙姬琵达出生在雅典,生性嫉妒、奸诈而又爱慕虚荣。在苏拉攻陷雅典以后,她做了罗马人的俘虏,不幸落入一个荒淫贵族的手中。于是,她失去了肉体的贞节,却得到了自由。从此,罗马出现了一个美貌出众的希腊名妓。这个罗马人的俘虏,用自己美丽绝伦的肉体,俘获了罗马城所有的贵族。在获取了财富、名望和势力后,这个深谙一切罪恶秘密的女人,对自己的可耻生涯开始憎恶起来。那天在角斗场上,英俊勇猛的斯巴达克思在她的灵魂深处燃起了一股奇特而又强烈的欲望。不久前,她设法把斯巴达克思请到了她的家里,向他施展了她的全部妖媚本领。令她惊奇的是,她所有迷人的媚功对他居然不起作用。斯巴达克思不仅对她非常冷淡,而且还有一些轻视。在爱芙姬琵达的生活中,他是第一个拒绝她的男人。奇怪的是她并未因此而恨他,相反,她对他的欲望日渐地强烈,在她那罪恶的灵魂中,一团爱情的烈焰熊熊燃烧着,令她不得安宁。在这之前,她对自己的美貌和肉体的力量有着无比的自信,而斯巴达克思却使她第一次感到了自己的卑微。她一直在找寻他忽视自己的原因,现在终于找到了。

"是的,只有另一个女人的爱情,才能使他如此忽视我!"爱芙姬琵达恨不得将范莱丽雅一口吞下,"好吧,高贵的夫人,你就等着瞧吧!"她恶狠狠地说。

一星期后的一个傍晚，当夜幕刚刚降临的时候，一匹快骑在爱芙姬琵达的门前停下。骑马人下得马来，拿起挂在门旁的青铜小锤，在门上重重地敲了几下。一阵狗吠声后，门里有人问道："是谁呀？"

"我是梅特罗比乌斯，刚从库玛回来。"

进了门，老戏子把马交给门房，嘱咐他多喂它一些燕麦。他走下前院的台阶，经过穿堂来到了前厅，让女奴阿斯巴茜雅进去通报。可女奴却犹豫着不肯去，一副很为难的样子。

"哦，她有客人。"老戏子立刻便明白了，不由问道："谁在那儿？"

"庐克列梯乌斯老爷。"

一听是他，老戏子便明白女奴不肯去通报的原因了。这个客人是爱芙姬琵达比较喜欢的人，他不仅年轻富有，而且极有才华，且风流倜傥，为了满足欲望毫不吝惜金钱。因此，他得到了名妓的另眼相看，每次来总是受到热情接待，只要他在，爱芙姬琵达便不许任何人去打扰。

看来，那贵族老爷今晚是不会离去的，老戏子思忖着，但这件重要的事情一定要告诉爱芙姬琵达。他坚持让女奴去通报。

爱芙姬琵达正舒适地坐在柔软而华丽的躺椅上，抚摸着坐在她脚边的年轻男人的头发，听着他热烈地念着为她写的诗：

这是永恒不变的真理，

我们彼此的占有愈完满，

我们心胸中的奇异爱火

就烧燃得更加猛烈！……

这时，有人轻轻地敲了一下门。

"什么事啊？"爱芙姬琵达懒懒地问。

"梅特罗比乌斯老爷从库玛回来了。"

"啊！"名妓不由地叫了一声，从躺椅上跳了下来，大声地说："快让他去书房，我马上就来。"她转过身去，对带着不高兴的样子跟着她站起来的年轻贵族亲热地笑了笑，"请等我一会，我马上就回来！"

事实上她再也没有回来，老戏子带来的消息使她忘记了一切，她连夜给苏拉写了一封信,命奴隶狄摩菲尔送到库玛去。她在书房里踱了一夜,想着老戏子给她描述的他所亲眼看到的情形。老戏子说,他用钱买通了一个女奴隶,在一个门洞里看到斯巴达克思每天下半夜四点进到范莱丽雅的房间……想象着斯巴达克思与范莱丽雅亲热的情景,爱芙姬琵达几乎要疯了。嫉妒、仇恨、爱情,像一股股的烈焰,焚烧着她的灵魂。于是,她又想象着苏拉看了她的信后会如何狂怒,如何惩治范莱丽雅,她似乎看到了范莱丽雅跪在苏拉面前的情景,她那贵夫人的优雅姿态已荡然无存……忽然,她想到了斯巴达克思,毫无疑问,苏拉会把他和范莱丽雅一同处死。她的心猛地一阵悸跳,疯狂的头脑渐渐冷静下来。不,她不要斯巴达克思死,不要!不要!不要!

她叫来阿斯巴茜雅,让她立刻去叫醒老戏子梅特罗比乌斯。老戏子睡眼惺忪地来了,连连打着呵欠,满脸的不高兴,嘟囔着说:"什么事呀,天还没亮呐,也不让人睡个好觉……"

爱芙姬琵达把一个钱袋在他眼前晃荡着,发出叮叮当当的声音。老戏子眼睛一亮,顿时睡意全消。

"啊,我的女王,有什么尽请吩咐!"

"我要你立刻骑上一匹快马,追上给苏拉送信的狄摩菲尔,把信拿回来。"

斯巴达克思

苏拉之死

残暴成性的苏拉在寻欢作乐的酒宴上,竟要求斯巴达克思与角斗学校的角斗士进行角斗。紧急关头,范莱丽雅巧妙地灌醉了苏拉,没想到他却在酒醉中死去了。

库玛是一座繁华富丽的城市,它的近郊有着宏伟的神庙、华丽的别墅和公共海滨浴场、阳光灿烂的花园,远远地,可以看到平静的淡蓝色的大海。在一座秀丽的丘岗上,矗立着苏拉富丽堂皇的别墅。别墅里的建筑和设备都极其华丽和奢侈,别墅旁有满是奇花异草的大暖房、养鸟房以及一大片禁猎区,在禁猎区的树林里和草地上遨游着鹿、狐狸和各种野禽。

苏拉在这宜人的别墅里已经住了两个多月,他差不多每天都沉溺在喧闹淫秽的酒宴中,清晨的太阳常常照见他醉醺醺地躺在餐厅里,周围横七竖八地满是醉得不成样子的戏子、小丑和艺人。

这天黄昏,苏拉下令在大理石宫殿的最宏伟、最华丽的一所餐厅中布置酒宴。在分布于餐厅每个角落明晃晃的火炬照耀下,在像金字塔一般叠在四周墙边的大堆鲜花的芳香中,在半裸舞女淫荡微笑的魅惑下,在狂乱音乐的陶醉中,宴会很快就变成了毫无节制的狂饮。在宽敞的大厅中,九张餐榻围住了三张桌子,餐榻上面斜躺着苏拉和他的二十五位客人。苏拉穿着雪白的餐袍,戴着一顶玫瑰花冠,斜躺在第二张餐榻上,他的身边是他心爱的朋友罗斯齐乌斯。罗斯齐乌斯是一位有名的演员,是这次宴会的主要客人。

苏拉大声地说笑着,频频举杯畅饮,显得非常快乐。细细看去,几个月来他老了不少,也瘦了不少,他的脸上布满了脓包,变得更加丑陋可怕,几个月前还是花白的头发,现在已经完全白了。他那可怕的病痛每天都在折磨他,使他的身心都打上了疲乏、衰弱和痛苦的烙痕。但是,在他那锐利的灰蓝色眼睛里,依然辉煌地燃烧着生命、力量以及征服一切的意志。他常常用意志克制着,尽力不让难以忍受的痛苦表露出来。尤其是在酒宴当中,他往往忘掉了自己的病痛。

乐师们奏起乐来,和伴唱的小丑和舞女一起,跳起滑稽而又猥亵的林神萨杜尔舞蹈。舞蹈快结束的时候,在苏拉和罗斯齐乌斯的餐桌上,出现了一道奇妙的热菜,那是一只羽毛齐全的老鹰,好像活的一般。它的嘴里衔着一个月桂树枝编成的桂冠,桂冠上系着一条紫色的丝带,带上用金色的拉丁字母写着:"献给幸福的苏拉,维纳斯的情人。"在客人的掌声中,罗斯齐乌斯从鹰嘴里取下桂冠,把它交给美丽的阿蒂丽雅,她是苏拉的一个释放女奴隶,现在正坐在苏拉的身边。她把桂冠放在苏拉头顶的玫瑰花冠上,用亲热的声音说:"神的宠儿,战无不胜的大将军,我把这项聚集了全世界欢乐的桂冠献给你!"苏拉吻了阿蒂丽雅几次,客人们一齐鼓起掌来。

苏拉拿起一把刀来,把老鹰的肚子割开,立刻便有许多蛋落到盆子里,而每一个蛋里又包着鲜美的鸟肉。大家一面品尝,一面称赞苏拉厨子的好手艺。过了一会儿,又上了一道新奇的菜,那是一个很大的蜜馅饼,在饼的表皮以惊人的逼真形状塑成一座神庙的圆形柱廊。当饼切开的时候,里面竟飞出一群麻雀,它们的只数和客人的人数相同,每一只麻雀的脖子上都系着一件小礼物,上面写着每位客人的名字。在鼓掌声和惊叹声中,大家乱哄哄地追逐那些乱飞的麻雀。等闹够了,苏拉兴致勃勃地说:"我亲爱的朋友们,你们要不要在这大厅中欣赏角斗士的角斗?"

大家兴高采烈地欢呼起来,高声喊叫着:"慷慨的苏拉万岁!"

苏拉立刻命令带五对角斗士到餐厅来。不一会儿,十个角斗士被带进了大厅,他们五个穿着色雷斯人的服装,五个是沙姆尼特人的打扮。

"斯巴达克思在哪儿?快把他找来!"苏拉大声地叫道。

过了一阵,还不见斯巴达克思,苏拉正要发火,斯巴达克思气喘吁吁地跑了进来。

"斯巴达克思,"苏拉说,"我想欣赏一下你训练角斗士的本事,看看你的角斗士们究竟学会了些什么?"

"尊敬的大人!"斯巴达克思恭恭敬敬地回答说,"我训练他们只不过两个月的时间,只学会了一点儿剑术,角斗的本领还没学好呢。"

"哦,那有什么关系呢,先让我们看一看吧。"苏拉说。

这是一个疯狂暴徒可恶、荒唐而又荒谬的决定,为了他和一群寄生虫兽性的满足,竟要十个无冤无仇的年轻人互相角斗,流血而死!斯巴达克思压抑着心头的愤怒,再一次请求说:"尊敬的大人,这样的大厅是不适于作角斗场的,再说……"

"别再啰唆,快让他们开始吧!"苏拉粗暴地阻止了他的请求。

斯巴达克思苍白着脸,勉强地把角斗士们排列好。

苏拉不耐烦地亲自发出了开始的信号。

这是一场可悲的角斗,不到五分钟,一个色雷斯人和两个沙姆尼特人已经倒在了血泊中。另有两个沙姆尼特人受了重伤,躺在地上哀求苏拉饶命。苏拉答应了他们。

最后一个沙姆尼特人拼命地抵挡着四个色雷斯人的进攻。但是没有多久,浑身是伤的他在一摊血迹上滑倒了,色雷斯人阿尔托利克斯不忍让他遭受更大的痛苦,含着眼泪一剑刺死了他。

残忍的寄生虫们爆发出一阵狂热的欢叫声。但是,苏拉制止了他们,对斯巴达克思喊道:"怎么样,斯巴达克思,你不是曾经一个人对付过四个人吗?现在从死去的人身上拿起盾牌和短剑,显显你的勇气和力量,再一次对付四个吧!"

斯巴达克思好像当头挨了一棒,顿时目瞪口呆,他脸色惨白地望着那个残暴的独裁者,强压着心头的怒火,说:"尊敬的大人,我已经不是一个角斗士,而是一个自由人了,我在这儿只有训练角斗士的义务。"

"哦——!"苏拉讥讽地大笑着说:"这是你说的吗?斯巴达克思,你也害怕了吗?不肯再为我角斗了吗?是的,你现在是个自由人了!"苏拉用拳头猛地在桌子上捶了一下,"是谁把自由赐给你的?难道不是我吗?现在我要你角斗,你就必须角斗!听见了吗,快给我角斗!"

在这一刹那间,斯巴达克思的思绪和情感似咆哮的河水在汹涌奔腾,他的眼睛闪闪发光,脸色阴沉沉地像暴风雨的天空,他盯住了一个死去的角斗士身边的一把短剑,一个念头猛地在心头闪现:闪电那么快、老虎那么猛地扑过去,把剑插入那暴君的心窝!他发出一阵低沉的怒狮般的呻吟,从地上拾起那把短剑……

突然,一阵女人的尖叫刺人肺腑地响了起来。斯巴达克思和所有的人都转身朝大厅的后面看去,只见范莱丽雅脸色惨白地站在那里,好似雕像一般。

"范莱丽雅!……你……你干吗这时候上这来?"苏拉诧异地说,竭力想站起来,却怎么也站不起来,便朝范莱丽雅远远地伸着手。

范莱丽雅轻快地朝苏拉走过来,把手伸给他,微笑着说:"你曾经好几次邀请我参加你的宴会,今天我想来和你一起喝上一杯快乐酒,没想到这儿剑光闪闪,尸首遍地……叫我好意外呐!"

范莱丽雅的到来使苏拉十分高兴,忙命令奴隶们说:"赶快把这儿收拾干净,洒上香水。我要和夫人痛痛快快地喝个够!"

范莱丽雅飞快地给斯巴达克思使了个眼色,朝角斗士们挥挥手。

很快地,奴隶们就把大厅清刷干净了。范莱丽雅坐在苏拉的餐榻上,陪着他痛饮起来。苏拉望着美丽动人的范莱丽雅,含糊不清地说:"你向来讨厌这样的酒宴,今天怎么肯来陪我?你这迷人的小妖精!"

"难道你不想让我和你一起分享快乐吗!"范莱丽雅娇声说,往他的杯子里斟满酒,"来,尽兴地喝呀!"

斯巴达克思

"喝呀！喝呀！"苏拉心花怒放地叫着。

酒，不断地斟满杯；菜，不断地摆上桌。乐师和舞女们都显出了倦容，可酒宴还在进行。为了让苏拉高兴，开怀畅饮，范莱丽雅又歌又舞，陪着苏拉大杯大杯地喝酒。当苏拉醉倒在餐榻上时，她也醉倒了。第二天中午时分，醉卧餐榻的客人们一个个陆续地醒来，最后，范莱丽雅也醒来了，可是，苏拉却一动不动地继续躺着。于是，范莱丽雅便想叫醒他，当她摇动他的身子时，发现他已经僵硬了。她发出一声惊惧的尖叫后便昏了过去。当她醒过来时，整个别墅一片忙乱，苏拉的医生西尔米昂正在检查他的尸体。这时，范莱丽雅发现有个陌生的奴隶站在屋角里惊得呆住了，于是便走过去问他："你是谁？从哪儿来？"

这人正是为爱芙姬琵达送信的狄摩菲尔，看到苏拉死了，他便把信交给了范莱丽雅。

山雨欲来

苏拉死后，意大利陷入争权夺利的混乱当中。角斗士起义的计划也正在加紧进行。为了起义大业，斯巴达克思毅然告别了心爱的女人，离开了罗马。

苏拉去世的消息闪电般迅疾地传遍了整个意大利，也在整个意大利引起了骚动，特别是罗马。豪门贵族和富人把苏拉的死当作民族的灾难来哀悼，他们号啕大哭，要求给他举行大元帅的荣誉葬礼，给他铸立铜像和建造庙宇。这些提议得到了一万多苏拉的释放奴隶和十二万多军团士兵的响应。这些士兵在跟随苏拉作战时曾受过苏拉不少的恩惠，因此，他们把苏拉当作领袖和恩人来拥戴，他们准备用武器来捍卫苏拉的一切。而许多被苏拉放逐的人和痛恨苏拉暴政的民众们，以及执政官中与苏拉敌对的马略派们则像过节一样，兴高采烈地在罗马的大议场和街道上游逛，庆祝独裁者的死亡。

在大议场上，在贸易堂里，在拱廊下，在神庙中，到处都聚满了年龄、身份各不相同的人，他们互相报告着新闻和消息，有人哀悼，有人欢庆，双方发生了争吵，相互发出了威胁，爆发了潜伏的怨恨，燃起了怒火。骚动扩大了，情势愈来愈严重。尤其是两个执政官属于敌对的两派，他们之间早就明争暗斗，现在就更加激烈，双方都在准备战斗，而且地位和威望都是旗鼓相当的。这样，内战就迫近了，不可避免了。

野心勃勃的卡提林纳和他那批急于篡权的年轻反叛贵族开始奔走忙碌，煽动不满现状的人起来闹事，火上加油地唤起他们对豪门贵族的憎恨,希望在变乱中寻求机会。

这天,元老院的回廊上挤满了人,公民会场上也聚满了人,闹哄哄地等待着元老们对给苏拉何等荣誉做出决议。

主持会议的元老让执政官卡杜鲁斯首先发言。卡杜鲁斯用审慎而又和善的毫不触犯苏拉敌人的话语,追忆了苏拉的光荣业绩,提到苏拉曾在非洲俘获了朱古达王,在亚洲打败了米特里达梯斯王,而且把其远远地赶走,他又怎样占领雅典,怎样扑灭了内战大火……最后,卡杜鲁斯提议元老院赐给苏拉领袖的荣誉,把他的遗体用盛大的仪式从库玛接到罗马,把他安葬在马尔斯广场上。

卡杜鲁斯的提议得到了大多数元老的赞同,而少数元老和回廊上的人们却发出暴风雨般的反对声。

等喧哗声平静下去后,敌对苏拉的执政官列庇杜斯开始了激烈的演说,他列举了苏拉的种种暴政和暴行,反对为苏拉举行帝王的葬礼,更反对把他安葬在马尔斯广场上,因为马尔斯广场是安葬最高贵、最卓越的领袖的圣地。

两个执政官的演说引起了激烈的争论。最后,元老中有威望的,罗马最年轻、最受人爱戴的政治家之一庞培平息了争论。他客观地对苏拉的功过进行了评说,既颂扬了他辉煌的战功,也批评了他的暴政。最后,元老们对卡杜鲁斯的提议进行了投票表决,结果是拥护苏拉的人获得了胜利。

元老院表决的结果使罗马的骚动更加剧烈了,在客栈和饭馆里,在最热闹的十字街头,在拥挤的大议场上,在贸易室和拱廊下,无情的争吵和流血斗殴愈演愈烈,受伤和被打死的人不计其数。一些狂热的共和派分子还企图放火焚烧苏拉派贵族的豪华邸宅。

虽然罗马的骚动十分剧烈,元老院还是颁布了为苏拉举行盛大葬礼的命令。

这天一大早,送葬的浩荡行列伴随着苏拉的遗体从库玛出发了。六匹漆黑精壮的骏马拉着一辆华丽的灵车,车上躺着独裁者穿着大元帅绣金红袍的涂过香油洒过香水的遗体。车后紧跟着的是苏拉前妻生的两个子女,接下来是范莱丽雅和她的哥哥荷尔顿乌斯,苏拉的哥哥和他的两个孩子,再后面便是拥戴苏拉的执政官卡杜鲁斯和两百多位元老、两百多名罗马骑士、从意大利各地赶来的城市代表和贵族们,还有二十四名仪仗官和掌着执政官旗幡的人、穿着丧服的贵夫人和释放奴隶、一队一队的号手、琴师和笛手……

　　送葬的行列慢慢地走了十天,每到达一个村子和城市时都会有新的人加入这一行列。

　　斯巴达克思因为是苏拉的角斗士教师,也穿上了灰色的丧服参加送葬的行列。令他痛苦不堪的是当火葬开始前,苏拉角斗学校的角斗士们就要进行角斗。这是一场殉葬的角斗,所有角斗士必须在角斗中死去,一个也不能活着。而斯巴达克思必须站在一旁,眼睁睁地望着他的学生们残酷地互相击毙!在角斗学校里,他不仅教会了他们剑术,还让他们秘密参加了被压迫者起义同盟。在整个送葬进程中,斯巴达克思的心都在滴血。当听到苏拉的死讯时,他曾大大地舒了一口气,没想到这暴君死后还得夺去五十多条无辜的年轻性命!斯巴达克思深深地明白了一个道理:不推翻整个残暴的奴隶制度,就没有被奴役者们的活路!他不由暗暗地握紧了拳头,更坚定了举行起义的决心。几天前,伦杜鲁斯·巴奇亚图斯角斗学校中的诺埃玛依来到了库玛。巴奇亚图斯角斗学校是意大利最大的角斗学校,那里有着一万多名角斗士,秘密加入起义同盟的已经有一百多名了。诺埃玛依是他们中最出色也是最迫切要求起义的一个,他带来了角斗学校老板巴奇亚图斯写给斯巴达克思的邀请信,信中说久仰他的角斗技术和英勇威名,特请他去担当角斗教师的重任。老板希望他去当教师,而诺埃玛依和角斗士们则盼着他去领导起义大业。几天来,斯巴达克思一直犹豫不决,因为他放不下心爱的范莱丽雅。就在五十多名角斗士在他眼前一个个悲惨死去的时候,他做出了重大的决定,准备前往巴奇亚图斯角斗学校。

斯巴达克思

　　太阳西沉的时候,盛大的葬礼终于结束了。斯巴达克思悲伤而愤怒地离开了拥挤不堪的马尔斯广场,快步向罗马城里走去。今天早晨,在送葬的人群中,他和克利克萨斯曾匆匆地说了几句话,约定葬礼后在罗马城里一个小酒馆里见面。见了面后,两人的心情都十分悲愤,克利克萨斯也目睹了火葬苏拉的柴堆旁那惨烈的角斗。

　　由于斯巴达克思对巴奇亚图斯角斗学校的邀请迟疑不决,克利克萨斯此番前来是请求和说服他尽快前往那有着一万多名角斗士的学校,组织和领导起义大业。

　　"去吧,赶快去吧!"克利克萨斯激烈地说,"起义能否举行全看你了,如果你认为爱情比解放奴隶更伟大的话,我们为之奋斗的一切将付诸东流了!"

　　"克利克萨斯,你听着,不论我的爱情有多么热烈,也决不会让我放弃起义大业。我已经决定前往巴奇亚图斯角斗学校了。"

　　"啊,斯巴达克思,你不愧是个了不起的角斗士!你终于没有让我们失望!"克利克萨斯兴奋地说,"说真话,我们都非常担心你会为了爱情而放弃一切呐。"

　　"好啦,快把你们那里的情况给我说说吧。"斯巴达克思说。

　　和克利克萨斯在小酒馆分手后,斯巴达克思来到了苏拉在罗马城里的府邸。他刚跨进门,密尔查便迎了上来,悄悄告诉他范莱丽雅正在密室里等他。

　　走进密室,斯巴达克思看见范莱丽雅的脸色十分苍白,神情有些颓丧,虽然穿着黑色的长袍,但她依然显得十分美丽。

　　"啊,斯巴达克思,你到哪里去了?"范莱丽雅一头扑进斯巴达克思的怀里。

　　斯巴达克思紧紧地抱住她,热烈地吻着。他的心情十分复杂,强烈的爱和伟大的使命感在猛烈地碰撞着他的灵魂。他一边吻,一边呻吟般地唤着:"喔,范莱丽雅!我亲爱的范莱丽雅!"他把她抱得那么紧,吻得那么深,使得她几乎要窒息了。

"喔,喔!"范莱丽雅喘息着,从他的热吻中挣脱开来,娇嗔地说:"你怎么了,像要把我吃了似的!"

"是的是的,我真想把你吃了,或者揣在怀里带着走!"斯巴达克思热烈地说着,深深地叹了口气。

女人的直觉和敏感使范莱丽雅嗅出了离别的气息,满脸惊惧地望着他,问道:"你……要走?"

"是的,我的事业在呼唤我。"斯巴达克思深情而忧郁地望着她,"可是我舍不得你,真的舍不得啊!可我又不得不离开你,喔,范莱丽雅,我亲爱的,我将怎样地思念你呀!"

"哦,别,千万别离开我!我需要你!"范莱丽雅急切地说,"尤其是现在,知道吗:我已经……已经……"

"噢,亲爱的,已经什么?快告诉我。"斯巴达克思紧张地望着她。

"已经有了你的孩子。"范莱丽雅娇羞地说。

"啊!"斯巴达克思又惊又喜,瞪大眼半天回不过神来,结结巴巴地问:"这是……是……真的……真的吗?"

"已经两个月了。"范莱丽雅说,一双美丽的眼睛充满了幸福的期盼,"我们很快就要有一个可爱的孩子了。"

做父亲的喜悦和兴奋使斯巴达克思几乎要发狂了,他一把抱起了范莱丽雅,在屋子里旋转着,然后把她放在床上,轻轻地抚摸着她的肚子,喃喃地叨念着:"呵,我的孩子,我的可爱的亲爱的孩子呵!你是快乐的天使!幸福的天使!你使我成了一个伟大的父亲!"

"那么,伟大的父亲,请不要离开我吧!我需要你,你的孩子也需要你呀!"范莱丽雅不失时机地说,露出一副娇弱的样子。

斯巴达克思沉默了,在范莱丽雅身边躺下来,把她默默地搂在怀里。他多想留下来,陪伴在这个可爱女人的身边,他深深地知道,怀孕的女人更需要爱和呵护。可是,为了自己甜美的爱情而放弃为千百万奴隶争取自由和生存的伟大事业,这未免太自私了!他不能再眼睁睁地望着角斗士们用鲜血和生命去娱乐和满足那些暴君们。

"亲爱的,你在想什么?想我们的孩子么?我想他一定又漂亮又可爱。"范莱丽雅说。

"听着,亲爱的,我爱你,也爱我们的孩子,你们是我生命的一部分,可是,我却不得不离开你们,因为我不仅仅属于你和孩子……"

"天哪,斯巴达克思!你说什么?"范莱丽雅惊叫道,"难道你还属于别的什么人吗?快告诉我,是谁,是谁让你不完全属于我……"范莱丽雅说着,伤心地哭了。

"听我说,听我说,我亲爱的唯一的最爱的范莱丽雅,我不能告诉你为什么要离开你,可我要对你说,你永远是我唯一最爱的人,除了你,我永远不会有别的女人!只是……"

"只是不能告诉我离开的原因!"范莱丽雅打断他的话,显得十分的激动,"如果你真的那么爱我,为什么不能信任我?"

"我爱你,当然也非常信任你,只是……"

"行了,你走吧!"范莱丽雅悲伤而绝望地说。

"原谅我,相信我,等着我!我会回来的!"斯巴达克思热烈地说,毅然转过身,跌跌撞撞地离开了范莱丽雅的密室。

傅林娜圣林里的醉汉

老戏子梅特罗比乌斯醉卧于傅林娜圣林,无意中偷听到角斗士起义的机密。在向执政官告密前,他先到了恺撒的家里……

时光如水,转眼,苏拉下葬已经过去四年了。

罗马纪元六百八十年二月十五日这天,罗马城里热闹非凡,人们按照过去的成规,用盛大的仪式来庆祝鲁彼尔卡里亚节,也就是牧人节。

在法乌纳斯神庙前的拱廊下,站着一位衣着典雅的年轻大祭司,他就是后来成为罗马独裁者的凯乌斯·朱理乌斯·恺撒。他体格强壮,容貌俊美,他的眼睛虽然充满了善意的微笑,却显得十分锐利而威严,他宽阔的额头和好似紧锁的漆黑浓眉间,透露着钢铁般的意志,他的全身从头到脚都有着一副倨傲高贵的气派。此时他二十六岁,由于他过人的勇敢、机智、雄辩和高雅的鉴赏力,在罗马政界已经具有了极高的威望。十八岁那年,他娶了苏拉政敌的女儿为妻。苏拉消灭了政敌成为独裁者以后,要恺撒与妻子离婚,恺撒坚决不从,于是苏拉下令判处他死刑,后经多方说情,苏拉才免他一死。但是恺撒从苏拉那阴沉而锐利的目光里感觉到了潜在的危险,他觉得只要苏拉统治着罗马,自己就不会安全。于是,他躲进了第伯尔季纳山区,一直隐居到苏拉去世。苏拉死后,恺撒回到了罗马,多次参加远征,在每次战役中都表现得无比英勇和出色,很快便在罗马享有很高的威望。不久前,他升任了大祭司的崇高职位。今天,他站在神庙的拱廊下,观察着来来去去的形形色色的人们,不断地和熟人打着招呼。

一群江湖戏子和杂技艺人从庙里走了出来,老戏子梅特罗比乌斯见了恺撒忙深深地鞠了一躬。

"高贵的大祭司,你好哦!"老戏子媚态万千地说。

"唔。"恺撒唇边浮起一丝嘲讽的微笑,"你可是从来不会放过一个节日,放过任何一个可以作乐的机会哟!"

"我们应当尽情享受神赐予我们的生活,因为……"

"好了,你过来。"恺撒打断他的话,把他叫到身边来。

"听说,你常在诺尔巴纳斯的家里走动,是吗?"

"那还用说吗!"老戏子夸耀地说,"诺尔巴纳斯待我可好啦,还在苏拉在世的时候……"

"好啦!"恺撒叫道,脸上现出深深的憎恶,但他马上用微笑掩盖了,"我想……这样吧,晚上你到我家来吃晚饭,我想和你聊聊。"

"啊,真是不胜荣幸!啊,高贵的大祭司恺撒呀,我……"

"嘿,够了,瞧,你的朋友们在等着你呐。"恺撒推了推他,"去吧,我们晚上见。"

"晚上见,再见!"老戏子连鞠了几个躬。

由于获得上恺撒家吃晚饭的殊荣,老戏子心花怒放地和他的朋友们走进了一家小酒店。也许由于节日的缘故,大家的兴致都很高,胃口都很好,吃得很多,喝得也很多。老戏子乐昏了头,喝了太多的葡萄酒,连舌头都不灵了。但是他的脑子还清爽,明白再喝下去就上不了恺撒家去吃晚饭了。于是,他告别了朋友们,不顾他们的哄笑和戏谑,跌跌撞撞地走出了酒店。

这个喝醉了的老酒鬼在一个岔路口停了下来,盘算着在去恺撒家吃晚饭前如何使自己清醒过来。他想了想,转身向通往特洛伊门的岔路走去,那是一条走向山里的路。他想到树林里去呼吸一些新鲜空气。他摇摇摆摆地走了很久,终于来到了暴风雨女神傅林娜的圣林。他在树林里到处乱闯,想找一处幽静阴凉的角落。他转了半天,在一

棵巨大的百年老树下的野草丛中坐了下来。

他坐着坐着,迷迷糊糊中觉得自己来到了一片燥热的荒地上,又热又渴,渴得喉咙都干透了……忽然,他听见了小溪淙淙的流水声……他跑到了小溪边,看见小溪里流着的是法烈伦葡萄酒……他伏下身去正要喝,那葡萄酒却变成了鲜红的血……一个威严的声音朝他喝道:"你口渴了,要喝鲜血吗?"他惊吓得浑身一哆嗦,醒了过来。他揉揉眼睛,发现天已经黑了,自己还坐在大树下。此时,他的酒已经醒了,不觉对自己睡过了头,误了恺撒的晚饭感到十分的懊悔。他正要站起来,忽然,不远处传来了说话的声音:"我们要以死亡对死亡,我们宁愿为了自由而战死,也决不再为了娱乐那些暴虐者而角斗至死!"停了停,那声音继续说:"我们要让他们拿起剑来和我们角斗,让他们的鲜血和我们的鲜血流在一起!让他们懂得,在奴隶、角斗士和被压迫者的胸腔里,也跳动着人的心!伟大的朱庇特创造出来的人是一律平等的!太阳照耀着所有的人,土地无私地给所有人带来收获,所有的人都具有享受幸福和快乐的权利和自由!"

从那番言辞激烈的演说中,老戏子明白了那是一伙想造反的奴隶和角斗士。那演说者的声音让老戏子觉得很耳熟,但一时想不起来。他轻轻地朝前爬了几步,屏住呼吸,竭力把每一句话都听清楚。

"是不是可以说,经过四年的努力,起义的曙光已经出现了呢?"另一个有些低沉的声音说。

"快让我们开始战斗吧!"有许多个声音一起说。

"是的,我们就要开始战斗了!"这是那个演说者的声音,老戏子这下想起来了,这是斯巴达克思。只听他继续说:"阿尔托利斯明天到拉文那,去通知葛拉尼克斯,让他把五千二百个角斗士准备好,那是我们起义大军的第一军团。克利克萨斯,这儿的第二军团由你率领,是由罗马的七千七百个盟员组成的。第三、第四个军团由我和诺埃玛依率领,这两个军团是由加普亚的巴奇亚图斯角斗学校一万多个角斗士们组成的。"

斯巴达克思

"哎嗨,我们有两万多人的军团了!"有人激动地说。

"这可太棒了!我们一定要让罗马的龟孙子们尝尝我们的厉害!"有人压抑不住地说。

"好了,听我说。"斯巴达克思阻止住激动的人们,继续他的部署:"五天以后,我和诺埃玛依的两个军团首先行动,当加普亚落到我们手里时,你们在拉文那和罗马的军团就要迅速冲出来与我们会合。现在,让克利克萨斯把一些具体的事情和你们详细地商量一下。"

接下来,角斗士们开始互相交谈,谈得十分热烈,可老戏子一点儿也听不出头绪来。过了一阵,他们的聚会结束了,斯巴达克思吩咐他们分路下山。最后,斯巴达克思和克利克萨斯谈着话从老戏子的身边走过去。

"天哪,两万多个武装起来的奴隶和角斗士足够发动一次像西西里那样的暴动了,说不定真要把罗马的天给翻过来!"老戏子梅特罗比乌斯自言自语地说,"看来,今天是天意让我来到这里的,无疑,伟大的神选中了我,让我这醉汉担当起拯救共和国和罗马的重任!我得赶快下山去向执政官报告。"他仔细地听了听动静,确定角斗士们都已经走远了才敢动身。

他边走边想,恺撒曾等着他去吃晚饭,可他在山上睡着了,无论说什么恺撒也不会原谅他的。可是,如果把角斗士们造反的密谋告诉他,他一定会高兴的,不仅不会怪罪自己的失约,还会得到奖赏哩。于是,经过一番盘算,老戏子来到了恺撒的家。他一进去便叫奴隶立刻去通报,他有关系到共和国命运的重要消息要报告。

恺撒起先对梅特罗比乌斯的话并不在意,他认为那老戏子是一个酒鬼,一个口出狂言的家伙。但是,他想了想,决定还是去听听他想说些什么。于是,恺撒在书房接见了他。听了他所说的,恺撒大吃一惊。开始他并不相信,便对老戏子仔细地盘问了一番。当确定了事情的真实性后,他的表情变得十分严峻。他思索了一会,拿出一个钱袋给了老戏子,十分严肃地对他说:"听着,这个问题事关重大,我必须亲自核实,你在这里等我,对今晚的一切,不许对任何人讲,等我回来后,还会重重赏你。"

"我一定执行你的命令!"老戏子拿着沉甸甸的钱袋,俯首帖耳地回答。

过去,恺撒常常脱下华丽的长袍,换上粗布的短衣,在苏拉布区和埃斯克维林区那些污秽阴暗的巷子里四处访问贫民,对他们慷慨解囊,因此,他对下层人常去的场所了如指掌。他回到卧室,换上一套奴隶的衣服,匆匆前往维纳斯酒店。

进了酒店,他把大房间里的人们迅速地扫了一遍,然后向里面的小房间走去。在这里,他一眼便看到了十几个释放角斗士和角斗士,他们正围坐在一张餐桌旁。他在一张小桌旁坐下来,要了一杯葡萄酒和一点菜。恺撒只听说过斯巴达克思,但不认识他。当他看到角斗士中那个身材魁梧的美男子和他那充满智慧而又尊严的脸时,他马上就确认了那就是英名远扬的斯巴达克思。凭着伟人敏锐的目光和过人的洞察力,恺撒感受到了斯巴达克思所具有的伟大心灵和杰出的领导才能。恺撒从内心深处对他产生了好感。他起身来到角斗士们的餐桌旁,向他们问好,把手伸给斯巴达克思,满怀敬意地说:"你好,勇敢的斯巴达克思!你能不能为我花费一点时间,和我谈一谈。"

这时,有的角斗士认出了这位不速之客,惊呼道:"天哪,凯乌斯·朱理乌斯·恺撒!"

"请你们不要作声,"未来的大独裁者阻止了他们,"要不然,明天全罗马的人都会知道,一个大祭司深夜里竟然在小酒店里逛荡。"

斯巴达克思诧异地瞧着他,思忖着他的来意。

恺撒当时虽然还没有干出什么大事业,但他的威名斯巴达克思早有所闻。他那刚毅而又英俊的容貌、山鹰般锐利深沉的目光和高贵镇定的态度,使斯巴达克思暗暗佩服。他握住了他的手,说:"我感到非常荣幸,请坐吧。"

"我想请你到外面城墙边去散一会儿步。"恺撒说。

斯巴达克思和奴隶们交换了一下眼色,答道:"那么,请吧。"

一轮明月当空挂着,把如水的银光洒到了城墙外葱郁的果树园、菜园和葡萄园里,也洒向了城外那广阔的原野。在深夜的静寂中,踏着满地的月光,斯巴达克思和恺撒来到了城墙外的野地上。在银色的月光里,他们停下来面对面地站着,默默地在心里估量着对方。他们心里都明白,他们代表着两种敌对的思想,两面敌对的旗帜,两个敌对的世界:专制和自由!

恺撒首先打破了沉寂,问道:"你是色雷斯人吗?"

"是的。"

"色雷斯人是勇敢的民族,这是我在战斗的危险中体验到的。你不仅有色雷斯人的勇敢,还有丰富的知识和极好的教养。"

"谢谢。我想你此番来不是为了说这些好听的话的吧?"斯巴达克思开门见山地问道。

"当然不是。是因为你和你所献身的事业正面临着极大的危险。"

"你这是什么意思?"斯巴达克思警觉但不露声色地问。

"你知道隔墙有耳这个词吗?当你们在傅林娜树林里开会的时候,有人正坐在一棵大树下面,无意中听到了你们的一切秘密。幸好他没有直接去见执政官,而是到了我那里。"

"啊!"斯巴达克思如雷轰顶,呆住了。"天哪,我诅咒所有的神!"他痛苦地说,不由地握紧了双拳,把它们举向天穹。一时间,他陷入了可怕的绝望心境。

恺撒瞧着他,怀着同情和理解的心情,并且有几分的尊敬,因为他已经创造了一支由两万多角斗士组成的英勇军团!一想到那些军团,恺撒的目光里就闪现出野心勃勃的火光。啊,要是那两万多角斗士由他来指挥就好啦,不出几年他就会征服全世界,他将会做一个受众人拥戴的统治者。一时间,两个人都没有作声,一个陷入灭顶的灾难之中,一个却在做着野心勃勃的幻想。

"那人是谁?他在哪里?请告诉我。"斯巴达克思打破了沉默。

"他是梅特罗比乌斯,现在在我的家里,可我不能阻止他不去报告。"

"可是你,恺撒,你是什么人?是我们的朋友还是敌人?"

"我想做你们的朋友,绝不会是你们的敌人。"

"那么,请把梅特罗比乌斯交给我们。"

"不,不行。我已经把危险告诉你了,可我不能阻止他去报告,因为我毕竟是个罗马人呐。"

"不错,我忘记你是一个罗马人了!"

"请理解我。"恺撒说,"既然你无所畏惧,就让我祝你好运吧!"恺撒向他伸出手去。

"那么,再会,大祭司!"斯巴达克思握紧了他的手。

恺撒走后,斯巴达克思立即采取了应变的措施。他命令克利克萨斯赶快回去消除罗马角斗士中的起义痕迹,命令阿尔托利斯疾驰到拉文那去通知葛拉尼克斯。然后,他和诺埃玛依骑上快马没命地向加普亚飞跑。

恺撒回到家里,得知老戏子在等他的时候,喝了不少法烈伦葡萄酒,心中大发爱国热情,已经出发到执政官那儿去了。据看门人说,他出门时已经醉了,走路跌跌撞撞东倒西歪的。

恺撒心想:"现在,角斗士们和元老院的急使要比赛快慢了。有许多大事往往被极细小的因素决定!现在的情形就是如此,一切都得由马来定成败了!"

起　义

　　由于马出了意外,斯巴达克思比罗马元老院的紧急公文晚到了一步,巴奇亚图斯角斗学校已经被重兵包围了……斯巴达克思义无反顾,让角斗士们用火炬作武器,冒死举行了起义。

　　加普亚城曾经是全意大利最繁华、最美丽的城市,是康滂尼亚省的省会。它矗立在发尔杜纳斯河岸上,四周有着长达六里的坚固的城墙,城中有优美的街道、华丽的神庙、宏伟的拱廊、宫殿、浴堂和竞技场。这里一年四季阳光灿烂,气候温和,物产十分丰富。

　　这天,当太阳西沉时,黄昏的寂静和安宁慢慢地降临了。突然,城门口传来急促的马蹄声,一小队骑士飞奔进城。他们的马浑身蒙着灰尘,溅满了泥浆,鼻孔里喷着一股股热气,马嚼铁上净是白沫。骑士们在提督府的门前下了马,让看门人立刻进去禀报,说有罗马元老院的紧急公文。

　　这时,斯巴达克思和诺埃玛依正从郊外的引水沟边赶来。他们希望能比元老院的急使早一小时到达加普亚,可是在离加普亚六七里的地方,斯巴达克思的马突然气力衰竭,连人带马倒了下来。那马沉重的身子压住了斯巴达克思的手臂,当他往外抽出手臂时,肩膀关节不幸脱了臼。

　　脱臼的剧痛只让他皱了皱眉,而内心的焦急却使他像一只受伤的狮子,嗷嗷直叫。眼看那马就要气绝身亡,他们决定徒步赶到加普亚去。由于几天来的长途疾驰和饥饿,两人已经有些虚弱,可他们疯狂地快走如飞。当他们以惊人的速度来到加普亚城门外时,两人都气喘吁吁,脸色苍白。他们等呼吸平定下来后,竭力保持常态向城门走去,他们决定尽量蒙混过关,如有不测就和守门的卫兵硬拼。

一共有七个卫兵,两个在睡觉,三个蹲在地上投骰子,另两个在聊天。这时,一个穷苦的乡下老太太正走在他们的前面,提着一只装着干酪的篮子。

"老妖婆,太阳都落山了才到市场去,你也太早了呀!哈哈哈!"

"瞧她那样子,真是一个美人儿,皮肤活像在火上烤皱了的羊皮纸!"

两个卫兵你一句我一句地直拿老太太取笑开心,并未留意走过来的两个角斗士。于是,斯巴达克思和诺埃玛依趁机溜进了城门。他们刚穿过第二道拱门,突然看见百夫长率领着十几个全副武装的士兵急匆匆地朝城门赶过来。斯巴达克思和诺埃玛依忙闪在一旁的阴影里。只见百夫长一到城门便大声地喝道:"准备武器!"

七个卫兵纷纷跳了起来,以出人意料的速度排好了队。

"你们这些废物,难道城门是这么守卫的吗?知道吗,天下并不太平,角斗士要暴动了,赶快放下铁栅,关闭城门,小心防守!"

斯巴达克思和诺埃玛依趁他们忙着放铁栅的时候,无声无息地匆匆逃了。

显然,元老院的急使已经赶在了前面,现在去巴奇亚图斯角斗学校已经来不及了。

是的,是有点晚了。这天傍晚,角斗士们都留在学校里,一个也没有外出。他们有的在练功,有的在院子里做体操,有的在唱歌,有的在闲谈……所有人都竭力保持一副泰然自若的样子,而每个人的心都跳得像小兔子似的,都在等待着起义的伟大时刻。

伦杜鲁斯·巴奇亚图斯是一个瘦高的脸色苍白的人,长着一对小小的狡猾而又凶恶的黑眼睛。他靠着人命和鲜血的买卖发了大财,把老伦杜鲁斯留下的几百个角斗士的学校变成了有一万多角斗士的意大利第一流的学校。

　　傍晚,他在散步时发现学校里滞留着很多角斗士,觉得有些奇怪。于是,他走到门房去问那个独眼独手的老守卫:"难道角斗士们今天都不出去逛了吗?"

　　"尊敬的校长大人,你问我就和问你自己一样,我也正纳闷着呢。也许他们忽然喜欢在学校里消磨黄昏了吧。"老守卫回答说。

　　"哼,恐怕没这么简单吧!"伦杜鲁斯阴沉地说。他正准备走开,只见提督府的一个奴隶急匆匆地朝他奔了过来,交给他一封提督大人的亲笔信。

　　伦杜鲁斯看了信后,顿时紧张得瑟瑟发抖,半天说不出话来。等他好不容易镇定下来后,他立即命令所有的两百五十名士兵和在学校里服务的两百名奴隶悄悄武装起来,然后把他们分成好几个分队,委任他手下最勇敢的老兵做队长,把他们派去防守武器库和学校的全部出口。

　　伦杜鲁斯虽然采取了一系列的预防措施,可他还是十分紧张和害怕,因为他深知这一万多名角斗士加上他们的本事,将是一支何等巨大而又可怕的极其危险的力量!当提督派来的统领带着一个大队的士兵到来后,他惊恐不安的心才稍稍安定了一点。

　　很快地,角斗士们便发现武器库被关了,还有重兵把守。学校里到处都布防了守卫的兵士,连校门也关闭得紧紧的,不许进也不许出。

　　"糟了,我们被出卖了!"

　　"斯巴达克思在哪儿?诺埃玛依在哪儿?"

　　"他们可能已经在罗马上了十字架了!"

　　"天呀,这可怎么办哪?!"

　　角斗士们乱哄哄地议论着,骚动得十分厉害。斯巴达克思曾经把角斗士们编成了军团和大队,委任有统领和百夫长。于是,统领和百夫长们出来稳定了人心,止住了混乱。然后,统领和百夫长们在练武厅里开会,商讨应变的办法。此时,斯巴达克思和诺埃玛依正在学校外面的巷子里,他们发现了罗马军队正在包围学校。斯巴达克思发现那些兵士并不熟悉这里的巷子,移动得很慢,而且常常走错路,于是,他对诺埃玛依说:"我们对这里的巷子非常熟悉,抄近路很快就可到达,有一处围墙有些坍塌,我们可以爬进去。"

诺埃玛依表示赞同,于是,他们迅速地穿过两条黑暗弯曲的巷子,来到了那段有些坍塌的围墙下。围墙虽说有些坍塌,但至少有二十八尺高。诺埃玛依踩着围墙凸出来凹进去的地方,身手矫捷地爬了上去,很快便消失了。他忘记了斯巴达克思的肩膀脱了臼,需要帮助,而斯巴达克思自己也忘了,他刚用力一撑,一阵剧痛使他哼了一声便仰面倒在了地上。

"等等,我来帮你。"诺埃玛依在墙那边说。

"不,我行!"斯巴达克思说,随即又命令道:"你不要动,就待在那里!"

过了一会,诺埃玛依便看到了色雷斯人刚毅的身影。可是,当终于爬了下来,跳到地面上时,斯巴达克思痛苦地又哼了一声,差点昏过去。诺埃玛依忙看了看他的臂膀,发现已经肿胀得不成样子,于是他撕下自己罩袍的边缘,把他的手平吊在胸前。

他们穿过空无一人的前厅来到了一个院子里,出现在静候在这里的一队角斗士面前。角斗士们一见是他们的领袖回来了,立刻喜出望外,发出快乐的喊叫。

"不要作声!"斯巴达克思忙说,随即问道:"你们的统领和百夫长呢?"

奴隶们告诉他正在练武厅开会,于是,他们立即赶到了那里。他的出现使角斗士的领导者们兴奋不已,一拥而上把他围住了。

"起义还没开始便失败了!"一个百夫长垂头丧气地说。

"不!不能这么轻易地就认输了。除了起义,角斗士们别无活路!战斗,只有战斗!不在战斗中生,就在战斗中死!"斯巴达克思激昂地说。

"可是,我们没有武器呀!"一个统领愁容满面地说。

"你们准备火炬了没有?"斯巴达克思问。

"准备了,有整整四百支。"

"很好,这就是我们的武器。"斯巴达克思说,"如有可能,再想法增加一些,越多越好。"

斯巴达克思高昂的战斗激情和坚定的信念使所有的人重新振奋起来,他们立即回到各自的队伍中,发动角斗士们筹集更多的火炬,准备战斗。

在角斗士们的努力下,又筹集了将近三百支火炬。于是,斯巴达克思带领着用火炬武装起来的近七百名角斗士向武器库奔去。其余的角斗士们也已集结在各大队的院子里,如果在一刻钟后听不到夺取武器成功的信号,他们就必须悄悄回到各自的房间里去。

突然,一阵军号声震破了寂静的夜空。号声过后,响起了加普亚统领赛尔维纳斯的喊叫声,以罗马元老院的名义,要求角斗士们立即解散,如果不服从命令,第二次军号声后,就要对他们使用武力!

事不宜迟,斯巴达克思挥动着手中的火炬,高声呐喊着:"角斗士们,前进!"

角斗士们举着火炬,呐喊着向守卫武器库的兵士猛扑过去……

一阵激烈的混战后,被火炬灼痛的士兵嗷嗷惨叫,像疯子一般四散奔逃,有的被缴了械,有的被杀死了,有的逃到了统领赛尔维纳斯的队伍里。此时,罗马士兵们正在对一些集结在院子里的手无寸铁的角斗士们大开杀戒。角斗士们大都溃散了,四下逃命。统领赛尔维纳斯立即带领两队士兵向武器库赶去。这时,武器库的门已经被角斗士烧着了。他立即命令部队用投枪攻打角斗士们,于是,不少角斗士中枪倒地,少数缴到武器的便英勇地进行战斗,有的用火炬投向敌人……然而,没有武器的角斗士们最终敌不过全副武装的罗马士兵,开始溃退了。斯巴达克思带领角斗士们边战边退,来到预先作为退路的一道小栅门前。角斗士们用一根石柱撞开栅门,冲了出去。借着夜色的掩护,斯巴达克思带着冲出来的角斗士们来到离学校最近的加米尼提酒店。这是角斗士们常来的地方,酒店老板是个加入起义同盟的释放角斗士,是斯巴达克思的忠实好友。今晚,他奉命在这儿接应万一败退的角斗士。斯巴达克思要他把所有能作武器的肉叉、菜刀、镰刀和铲子都拿出来分给角斗士们,还拿了三架小木梯和几条绳索。

有了一些御身的武器后,斯巴达克思带领着他的勇士们悄悄地向城防军扼守的那条街道前进。

罗马士兵对突然出现的角斗士毫无防备,遭到了猛烈的打击,一支人数众多的城防军很快便溃不成军了。提督梅季乌斯第一个带头转身就逃,然而由于太胖的缘故,不断地摔倒在地上。幸亏他手下的一个百夫长架着他才逃之夭夭。

斯巴达克思命令大家停止追击,让诺埃玛依带大部分人越过城墙逃出去,他带着其余的人留下来抵挡万一追来的兵士。可是诺埃玛依说什么也要斯巴达克思走,自己留下来。经不住诺埃玛依的再三坚持,斯巴达克思便和留下的人一一握手告别,约好在维苏威火山上会合。

"再见,我的兄弟!"斯巴达克思紧紧地握着诺埃玛依的手说。

"快走吧,再见!"诺埃玛依说。

斯巴达克思朝角斗士们挥挥手,转身消失在夜幕中。

在维苏威火山上

斯巴达克思带领着冲出来的九十八个角斗士前往维苏威火山。在路上,他成功地发动贵族庄园的奴隶起义,使队伍壮大到六百人。在维苏威火山上与诺埃玛依会合后,打败了前来进攻的一千多罗马兵。

翻过城墙后,斯巴达克思和角斗士们用急行军的速度一直前进,穿过阿台拉大道和库玛大道之间的那片宽阔的平原,来到了一座贵族别墅的铁栅门前。他们决定进去找点吃的,休整一下。拉响门铃后,回答他们的是一阵狗吠声,接着,一个看门的老奴隶用左手遮着右手端着的蜡烛走了过来。在昏黄的烛光里,老人看到了一群陌生人,于是惊吓得不敢开门。斯巴达克思温和地对他说:"老人家,我们是过路的,又饥又渴,想找点吃的,请开开门吧。"

老人听他说话挺客气的,不像坏人,便把门打开了。

角斗士们进了门后,斯巴达克思便下令关上了门,并派了两个哨兵守在那里。

他们顺着一条林荫大道来到了一个广场上,广场旁是一幢华丽的大房子。原来这是执政官陀拉培拉的别墅。他本人现正在罗马。斯巴达克思在广场上点了点人数,连放哨的两人和他一共有九十八人。他看了看他身旁的一个红发蓝眼的高卢小伙子,说:"好吧,鲍尔托利克斯,让我们这支小小的队伍成为伟大事业的基础吧!"

"我一定跟着你干到底!"鲍尔托利克斯坚定地说。

"对,跟着你干到底!"所有的角斗士们都坚定地说。

斯巴达克思满意地笑了。他唤来了吓得瑟瑟发抖的管家,安慰他不必害怕,他们不会杀人害命,只是需要一些吃的,还要够吃三天的干粮、一些必需用品和武器。

"对了,我还需要一名医生。"他补充说。

在陀拉培拉豪华的餐厅里,饥渴难耐的角斗士们吃了一顿饱饭。

吃过饭后,一位满脸和气、胖乎乎的希腊医生来了,他十分用心地把斯巴达克思脱臼的臂膀复了位,用夹板夹住,敷上消炎的药物,再用绷带缠好,平吊在胸前。他好心地劝告他的病人一定要睡上一觉,恢复元气,不然会发热的。

斯巴达克思考虑再三后,把鲍尔托利克斯叫来,仔细地交代了他一番,然后让他在拂晓前叫醒他。可是,鲍尔托利克斯不忍心惊扰极度疲惫的领袖那珍贵的睡眠。于是,斯巴达克思一觉睡到早晨才醒过来。睡眠使他恢复了元气,也恢复了信心和希望。他立刻召集了别墅里的全体奴隶,又让人把关在别墅牢狱里的二十多个奴隶放了出来,在广场上向他们做了一番热烈而激动人心的演说,让他们了解和懂得了奴隶起义的伟大意义和崇高目标。最后他说:"在你们中间,所有想获得自由的人,所有宁愿手执利剑在战场上英勇战死也不做任人宰割的卑贱奴隶的人,统统拿起武器,跟我们一起走吧!"

在他演说的激励下,当即有八十多个奴隶参加了起义的队伍。他们把别墅中所有的剑和长矛都找来了。于是,当离开别墅时,斯巴达克思拥有了一支一百八十多人的武装队伍。他带领着他们循着荒僻的小径穿过野地和葡萄园,向那坡里进发。黄昏时分,他们在那坡里不远的一座贵族庄园停了下来,用去一个多小时的工夫,使起义队伍又增加了五十名武装奴隶和角斗士。就这样,在去维苏威火山的路上,每经过一个贵族庄园和别墅,斯巴达克思便把奴隶和角斗士号召起来,当到达维苏威山下不远的庞贝城郊外的时候,起义队伍已经壮大到三百多人了,而且是全副武装。他们是在深夜时到达这里的,斯巴达克思让他的队伍分散到大路边的花园里,让他们在金合欢、长春花和迷迭香丛中隐蔽休息。

清晨,维苏威山顶的白云被阳光点燃了,变成了艳丽的玫瑰色,接着又成了金红色,不久,辉煌的太阳喷薄而出,照亮了维苏威山顶,也照亮了无数美丽的丘陵。在火山巨人的脚下,好似铺着由葱郁的绿树和绚烂的鲜花织成的彩色地毯。维苏威火山的山麓满布着橄榄树和各种果树、葡萄园和茂盛的大花园,有钱的贵族们在这里建造了许多别墅和庄园。在这些别墅和庄园里,斯巴达克思又施展了他的演说才能,号召和武装了两百多名奴隶和角斗士,把起义队伍发展到了近六百人。他把他们编成了五个中队,任命从角斗学校中冲出来的最优秀的角斗士为队长和十夫长。第一中队使用的武器是梭镖和长矛,第二、第三中队使用的是短剑和刀,第四、第五中队使用的是镰刀。斯巴达克思决定把队伍拉上山去,在那山鹰筑巢、野兽都难以攀缘的险峻之地扎下营盘,树立起自由的战旗。在向山顶进发之前,斯巴达克思在从角斗学校来的人中选出了九个机灵的小伙子,命令他们兵分三路,三人去罗马,三人去拉文那,三人去加普亚,通知那里的弟兄们设法赶到维苏威火山上来会合。

经过半天艰苦的攀登,斯巴达克思带领的队伍终于爬上了人迹罕至的维苏威山顶。他们找到了一处较为平坦宽阔的岗地,从那儿再往上就是覆盖着永世不化的皑皑积雪的绝顶。他把这片岗地细致地勘察了一番:岗地的前边是他们上来时的陡峭崎岖的小径,是唯一一条通路;左边是无可攀缘的悬崖峭壁;右边是一道刀削般的石山,后面就是白雪皑皑的绝顶。斯巴达克思在仔细勘察后觉得十分满意,决定就在这儿扎营。于是,他开始布哨,安排一些人去砍生火的木柴和搭建茅棚的树枝,一些人去小径上修筑防御工事……他把每个人和每件事都安排得十分周详,每个人都遵从他的命令认真努力地工作着。黄昏时分,他们生起了一堆堆营火,迎接夜晚的到来。围着营火吃了一些干粮后,精疲力竭的起义者们很快就进入了梦乡。第二天,大家继续为修建营棚和修筑防御工事而忙碌。斯巴达克思还特地派了十几个人去半山打猎,结果满载而归,猎到了三只野山羊、一头野猪和几只山鸡。傍晚,正当大家围着营火烧烤野味的时候,斯巴达克思到小路上的工事里去做最后的检查。忽然,他觉察到山下好像有什么动静,马上警觉起来,立刻向大家发出了警告。

"啊,难道这么快就追上来了吗?"他想,一边屏住呼吸仔细倾听。

这一次,他真的听到了隐隐约约的人声和脚步声。于是,他向山上发出了命令:"快准备武器!"

就在这时,山下传来"坚持——胜利"的接头暗语。斯巴达克思马上听出了那是诺埃玛依的声音。他立刻松了一口气,高兴得真想跳起来,大声地问:"是你吗,诺埃玛依?"

"是的,是我。还有从加普亚逃出来的九十多个弟兄哩!"

斯巴达克思快乐极了,立刻奔下去迎接他们。在山路上,他用一只手紧紧地拥抱了诺埃玛依。

"报告,我们顺利完成了任务!"三个派到加普亚的使者向斯巴达克思大声地复命。

"干得棒极了!"斯巴达克思满意地说,也紧紧地拥抱了他们。

上到营地后,新到的人立刻受到了热烈的欢迎和极其亲切的问候,并且有温暖的营火和喷香的野味作为款待。

"嗨,我们又多了一个中队!"斯巴达克思兴奋地说。

这天晚上,两个亲密的朋友坐在营火旁热烈地聊着别后的一切和未来的情势,直到深夜。

第二天,斯巴达克思和诺埃玛依把起义者们排列成军事队形,做了一番操练和检阅,并颁布了几条军令。接着派出了一个中队的人到山下去筹集粮食。大部分的人开始搬运石块,一些人用绳索制成掷石机,一些人把石头的一端弄尖了,大堆大堆地堆积起来。这些工作角斗士们整整做了三天。

第四天清晨,战士们正要开始一天的工作,突然响起哨兵们"准备武器"的喊叫声。大家立即拿起武器,做好了战斗准备。

一千多人的罗马士兵在统领赛尔维纳斯的率领下,正沿着山路爬上来。赛尔维纳斯扬言要把斯巴达克思的头挂在长矛上,拿到角斗学校里去示众。据说,元老院对斯巴达克思的人头出了两泰伦脱黄金的巨额悬赏。他满以为用一千二百罗马士兵去对付几百个反叛者是轻而易举的事,没想到刚接近土垒便遭到冰雹般的石块的猛烈攻击。士兵们顿时被砸得抱头鼠窜,马上便乱了阵脚。

"为了两泰伦脱黄金,向上冲啊!"赛尔维纳斯拼命地喊叫着。

在重赏的诱惑下,士兵们继续向上冲,可马上又被砸了下来。士兵们在石块的打击下滚的滚、爬的爬,最后转身便逃。

"冲啊!"斯巴达克思发出了追击的命令。

角斗士们冲出土垒,奋勇猛追。

罗马人的逃窜最后成了混乱的挤轧,后面的把前面的挤倒在地上,踏着倒下人的身子不要命地逃。由于山势的原因,罗马士兵拼命地逃,角斗士兵们拼命地追,却都不能战斗,因为前面的人被后面的人推挤着,不能够停下来,由于同样的原因,角斗士们也不能停,所有人像雪崩般地向下直泻,一直到山脚才停止。赛尔维纳斯立即号召士兵们在他身边集中起来,然而只有少数士兵聚集起来,努力地和角斗士拼搏。此外还有几个曾经在马略或是苏拉的率领下作过战的老兵也各自聚集了一些人,东一处西一处地进行着抵抗。但是一切英勇的挣扎显然已经没有用了。罗马士兵死的死,伤的伤,逃的逃,已经所剩无几,而角斗士们却斗志高昂,很快便把所有的罗马士兵解决了。赛尔维纳斯也在斯巴达克思的手里送了命,死得非常壮烈,不愧为一个优秀的军人。

这一仗,角斗士们打得非常漂亮,他们夺取了很多战利品,全是些优良的武器,还有不少头盔和铠甲。

从六百到一万

三千罗马兵把斯巴达克思的勇士们围困在山上,想把他们活活饿死。斯巴达克思巧妙地从万丈悬崖神奇突围后,起义军越战越勇,日益壮大,已达万人。

赛尔维纳斯军队遭到惨败的消息飞快地传遍了意大利,令所有统治者和贵族们十分震惊,也十分害怕。尤其是附近的省份和城市十分地惊惶,都急急忙忙地准备防御,一时间人心惶惶,全副武装的兵士日日夜夜地站在城门旁和城墙上防守着,一派如临大敌的阵势。只有庞贝城由于在十八年前被苏拉攻占时拆掉了城墙,因此无法采取防御措施,对时常到城里来筹集粮食的角斗士军队一点儿也不敢反对。但是出乎居民们意料的是,角斗士们一点也不像烧杀抢掠的野蛮人,他们既有礼又温和。

罗马元老院对加普亚提督梅季乌斯要求火速增援的事并不当回事,他们认为几百个角斗士对罗马并不会造成多大的威胁,而眼前对罗马最大的威胁是日益强大的米特里达梯斯王,他们的精力都放在远征那位国王的大事上了。最关注角斗士起义的只有卡提林纳和恺撒,只有他们懂得斯巴达克思,懂得这次起义的危险性。在惊慌失措的梅季乌斯的再三要求下,罗马元老院最后还是派了三千兵力到康滂尼亚省去剿灭斯巴达克思。率领这三千兵力的是一位勇敢而又老练的统领克洛提乌斯·葛拉勃尔。而这时距起义已经过去二十多天了。在这二十多天里,斯巴达克思充分利用胜利造成的优势,把起义队伍迅速地扩充到了一千二百人,用从赛尔维纳斯手里缴获来的精良武器武装起来,而且对他们进行了很好的军事训练。斯巴达克思曾经在罗马的军队中作过战,深知罗马军事制度的优越性,因此,他努力按照罗马军事制度和战略原则来创建角斗士大军。他在庞贝城给军团定制了军徽,那是一个红色的铜帽子,是奴隶获得自由时戴的头饰,在红帽子的下面还有一个猫形的小青铜片,因为在古代神话里,猫是最喜欢自由的动物,常常塑在自由女神的脚下作为自由的象征。他还用缴获来的军号和弯号组成了军乐队,亲自教号手吹奏起身号、集合号和冲锋号。

斯巴达克思十分重视搜集情报的工作,他让一些战士装扮成牧人和樵夫,四下搜集军事情报。所以,在克洛提乌斯到达的前一天,他就知道他们到达的时间和兵力了。他明白由于兵力的悬殊,在山下的开阔地带作战对自己非常不利,于是决定在山上的营地中坚守。

斯巴达克思料想克洛提乌斯可能在到达的第二天午后开始进攻,果然不出所料。中午时分,一中队轻装的罗马步兵在山路两旁的树林中散了开来,慢慢地向山上攀爬。当他们到达营地附近时,开始向山上射箭,但因距离太远,没有多大的杀伤力。而角斗士们投下去的石块同样没有多大的杀伤力,因为罗马士兵立刻就躲到树林里去了。而当角斗士们准备冲出营地和他们决战时,他们却迅速地撤退了。看来,新的统领已经接受了赛尔维纳斯的教训,采取了新的作战策略。克洛捏乌斯曾跟着苏拉在这一带打过仗,走遍了整个康滂尼亚省,对这一带的地形非常熟悉,因此并不想上山攻打,而是想诱敌下山。

斯巴达克思识破了他的计策,没有轻易出击。

诱敌不成,克洛提乌斯命令百夫长玛尔古斯·范莱里乌斯·梅萨拉率领两个大队一千名士兵留在山脚下,自己率四个大队两千名士兵上到半坡上,在那儿下令扎营。研究了一番地形后,他又派人通知范莱里乌斯把那一千人带到后山去扎营。范莱里乌斯是个勇敢而野心勃勃的军官,内战时也曾跟着苏拉作过战,很有作战经验。他是范莱丽雅的哥哥,对斯巴达克思和范莱丽雅的爱情纠葛十分恼怒,因而十分憎恨斯巴达克思。

于是,在傍晚时分,克洛提乌斯和范莱里乌斯各自在山前山后部署好了军队,封锁了所有下山的路。

第二天,当斯巴达克思发现一切下山的路都被封锁了时,不由深感不妙,明白了克洛提乌斯想把他们困在山上饿死的意图。是的,角斗士的粮食只够维持最多六天!斯巴达克思把将领们召集到一起,把目前所处的困境告知他们,一起商量对付的办法。这二十个将领个个都是勇猛无比的角斗士,面对困境却都束手无策,甚至有些垂头丧气。性情急躁而又鲁莽的诺埃玛依叫道:"冲下去拼了算了!"

"哪能这样蛮干。"斯巴达克思冷静地说。

"饿死不如拼死合算!"鲍尔托利克斯说。

"不,我们要想法活着冲出去!"斯巴达克思坚决地说,起身在营地里走来走去,那样子活像一头笼子里的雄狮。过了一会,他走到通往维苏威绝顶的峭壁下朝上望着,叹息说:"唉,就是松鼠也上不去呀!"他又走到左边那令人目眩的深渊的边缘上,想用眼睛探测它的深度。跟在他后面的将领们朝下望了望,急性子诺埃玛依叹息说:"只有石块才能到达它的底部!"

离他们不远的地方,有二十来个高卢小伙子坐在那里,用粗而柔韧的柳条在编盾牌,编好后再用生牛皮把它蒙起来。

陷入沉思中的斯巴达克思那游移不定的目光偶然地落到了那些盾牌上,后来又无意识地望着那些舞动着柳条的灵巧的手。一个高卢人见斯巴达克思久久地望着他们编盾牌,便说:"用这种柳条编的盾牌和金属盾牌一样的好用哩。"

听他那么说,斯巴达克思便走过去拿起一面盾牌看了看,称赞说:"确实很好,那就多编一些吧。"

"如果多有一些牛皮的话,编多少都可以。"那小伙子说。

"是啊,要是牛皮能像柳条那样长得满山都是就好啦!"另一个小伙子说。

　　随着小伙子的话,斯巴达克思的目光落到了那些又粗又很柔韧的柳条上,长久地注视着它们。忽然间,他的脑子里猛地冒出一个念头,于是,他把那念头仔细地想了又想,脸色不由得越来越开朗,目光越来越闪亮,最后高兴地叫道:"我对伟大的朱庇特发誓,我们得救了!"

　　"啊,谁能拯救我们呀?"鲍尔托利克斯忙问。

　　"柳条。"斯巴达克思说。他弯腰拿起一根柳条,兴奋地说:"你们看,这就是能使我们摆脱困境的宝贝!我们可以用它来编扎一架极长极长的软梯,用它从这深谷里爬下去,突然出现在罗马军队的后方,杀他个人仰马翻!"

　　几乎所有将领们的脸上都掠过了一丝怀疑的苦笑。诺埃玛依绝望地摇摇头说:"斯巴达克思,你这是在说梦话吧!"

　　"能编扎那么长的软梯吗?我看至少要八九百尺长哪!"鲍尔托利克斯说。

　　"瞧那些小伙子们一双双灵巧的手,他们什么样的梯子编不出来呢!"

　　"我们能!我们能!再长也能!"高卢小伙子们叫着。

　　"那么试试看吧。"将领们说。

　　主意一定,事不宜迟。斯巴达克思立即派出四个中队的人去砍柳条,命令其他人把营地里所有的绳索、绷带和皮带全搜集起来备用。

　　不到一个钟点,砍柳条的人陆陆续续地回来了,全都扛着大捆大捆的上好的柳条。

　　斯巴达克思命令所有的人都来编长梯。于是,会的教不会的,不会的跟着会的,干得热火朝天。所有的人都充分地意识到这是他们唯一的逃生之路,因此每一个人都极其用心地努力工作着。

　　太阳下山之前,一架足有千余尺长的软梯就编成了。斯巴达克思让角斗士们把它一点一点地拉开,他亲自检查每一个梯级,每一处连接的地方,确定牢固可靠了再让他们一点一点卷起来。他考虑了一下，又命令所有人把所有能找到的织物用来编成两条和长梯差不多的长绳。

当黄昏来临时，他命令全体士兵在肃静中开始拔营，要求每个人尽量地轻装，每个中队都把武器收集在一起，捆成大捆，以便用长绳吊下去。一切准备就绪后，他命令在长梯的一端系上两块大石。当天色完全黑下来后，他命令把系有大石的一端慢慢地顺着崖壁放下去。

放好长梯后，勇敢而又性急的诺埃玛依自告奋勇地要求第一个下去。长梯的上端被牢牢地固定在一块突出岩石的尖角上，当他抓住那尖角准备下去时，不禁还是有些心虚，因为毕竟是第一次经历这样的危险。于是，他壮胆般地打趣道："我想，即使是瓦尔基尔女神中最轻盈的海丽娜来参加这样危险的行动，也无论如何不会感到自己是安全的！"他边说边攀了下去。

斯巴达克思弯下身去注视着，开始还能看到一团黑影，但很快便什么也看不到了。梯子的每一下摆动和摇晃都令他十分紧张。因为起义队伍的命运全系在这长梯上了。角斗士们都聚集在悬崖边，默默地站立着，在这静寂的黑暗中，只听到一千多人沉重的呼吸声在发响。那长梯的摇摆其实不过有三分钟的光景，可大家却觉得好像过了三百年似的。最后，长梯终于停止了摆动。而大家的呼吸也似乎跟着停止了，都屏息倾听那期望着的回音。终于，从崖底好不容易传来了一阵微弱的、勉强能够听到的喊声。

"他成功了！"大家都压抑地发出一声低沉的欢呼。

斯巴达克思命令大家一个一个有秩序地爬下去，同时命令鲍尔托利克斯的中队往下吊武器和什物。

下梯的行动整整持续了三十六个小时，直到第三天拂晓，鲍尔托利克斯吊下了最后一捆东西，然后最后一个爬下了长梯。

斯巴达克思命令大家继续保持肃静，在峡谷中和岩石间隐蔽起来，静待黑夜的来临。

这真是漫长的一天，太阳终于落下去了。角斗士们走出隐蔽之处,整装待发。

天黑后,按照拟订好的作战方案,诺埃玛依率领一个大队向海岸前进,斯巴达克思率另一个大队向瑙拉方向进发。两个大队行进的路程相差不大。于是,在午夜一点前后,他们都准时到达了罗马军队的营垒后面。斯巴达克思到达的是范莱里乌斯的营垒,他让队伍在不远处停下,自己一个人亲自前去侦察敌情。

当他悄悄接近营垒的时候,他被葡萄枝绊了一下,发出了一点儿响声。

"什么人?"罗马哨兵立刻大喝了一声。

斯巴达克思立刻静立不动。

罗马哨兵走过来听了听,没有发现任何动静,又走了回去。这时,响起了巡逻队整齐的脚步声。十夫长询问刚才喝叫的那个哨兵发生了什么事。只听那哨兵答道:"我听见葡萄丛中有响声,也许是狐狸在追逐鹧鸪。"

"也许是吧,绝对不会是角斗士就是了,他们困在山上,下不来啦!"十夫长说,随着巡逻队走了。于是一切又恢复了常态,四周一片静寂。

这时候,斯巴达克思的眼睛已经渐渐地辨别出一些他感兴趣的东西了——罗马人营垒周围的壕沟和垒墙,但他必须搞清自己所处的位置距四道营门中的哪一道最近。

这时,回到营垒的巡逻队扇旺了快熄灭的营火,闪闪的火光照亮了高垒上的防栅,这使斯巴达克思看清了后营门的位置。在罗马人的营垒里,这是离开营帐最远的一道营门。在这个营垒中,那道门的方向是朝瑙拉开的。弄清情况后,斯巴达克思立刻返回了队伍,率领他们尽可能小心地向罗马人的后营门前进。整队人悄悄地行进着,渐渐接近了营垒。这时,想不让哨兵听到脚步声已经不可能了。

"什么人?"那哨兵再次喝道。

没有得到回答的哨兵立刻吹响了警号。但是一切已经来不及了,说时迟那时快,角斗士们呐喊着冲了上去,以惊人的速度越过了壕沟,一人踩着另一人的肩头,转眼之间就爬上了营垒的顶部……毫无防备的罗马人在睡梦中突然遭到猛烈的攻击,一下子晕头转向,不知所措,许多人糊里糊涂地就丧了命。从罗马人的营帐中响起了一阵阵可怕的叫喊声、咒骂声和哀求声。这并不是一场战斗,简直就是一场屠杀,整个营帐鲜血四溅,尸横满地,死者不计其数,来得及逃的如丧家之犬,狂奔乱跑……

只有几十个最勇敢的兵士在范莱里乌斯的指挥下,来不及穿上铠甲,也来不及戴上头盔,匆匆拿上长矛,在前营门附近聚集起来,进行着顽强的抵抗。范莱里乌斯高喊着斯巴达克思的名字,恶毒地咒骂着,挑动他过来与自己较量。

"斯巴达克思,你这下贱的奴隶,最卑贱的强盗头子,到这儿来啊,与我交手吧!斯巴达克思,你在哪儿……"

斯巴达克思在一片混乱声中终于听见了那个罗马百夫长疯狂无礼的叫骂声,他一边战斗一边找寻那个向他挑战的人,同时也高喊着:"喂,罗马强盗!你为什么要侮辱我?罗马人,我来了,你等着……"

斯巴达克思的话还没说完,就见一个罗马人喘着粗气向他猛扑过来,于是立刻与他交起手来。他几下就击退了罗马人的疯狂进攻,接着便转守为攻,一剑劈开了他的盾牌,又一剑刺穿了他的锁子甲,重伤了他的腰部。

"范莱里乌斯!"一个罗马士兵大喊着朝他奔过来,但马上便被一个角斗士给砍死了。然而,这一声喊叫却救了他长官的命。斯巴达克思猛地收住了正要刺向对方喉咙的利剑。范莱里乌斯的名字唤起了他的回忆,不但压抑住了他的怒火,也拦住了握剑的手。这时,范莱里乌斯的一个副百夫长扑过来援救他,斯巴达克思一剑刺伤了他握剑的胳膊,对他叫道:"去吧,小伙子,告诉你们罗马人,说斯巴达克思赏了你一条命!"

斯巴达克思打跑了那个副百夫长后,向范莱里乌斯弯下身去,帮助他站起来。然后,他让两个角斗士把他扶下去,为他包扎伤口。这时候,战斗已经基本结束了。

在山的那一边,克洛提乌斯的营垒也遭到了角斗士猛烈的攻击,罗马士兵死的死、伤的伤、逃的逃,完全溃败了。他们的武器、辎重和营垒全部落入起义者手中。

两次漂亮的胜仗使斯巴达克思威震四方,使意大利所有的奴隶和角斗士们看到了希望。每天都有逃出来的奴隶和角斗士成群结队地前来投奔。而所有的统治者和贵族们都惊恐不已,虽然罗马这时正忙于应付更紧急的战争,也不得不认真地来考虑如何应对那批他们称之为"下贱的角斗士"了。当罗马元老院忙着商讨对策之时,"下贱的角斗士"的队伍正在急剧扩大,他们的人数已经超过了五千,成了一支强大的军团,正在向康滂尼亚省最富庶的城市瑙拉进发。他们在攻城之前,斯巴达克思给城里的公民们发出了通报,如果给予起义队伍自由进城的权利,他们将保证公民们生命财产的安全。可是,瑙拉城的人们最终选择了抵抗。他们紧闭城门,同时派出了急使到那坡里、布隆的西和罗马求救。

可是,那些急使都落到了斯巴达克思的手中。

瑙拉的城防军战斗力很弱,而匆匆武装起来的居民们更是不堪一击,战斗不到两个小时,起义军便占领了瑙拉城。

虽然斯巴达克思在军队中建立了严格的军纪,尽管攻城前还重申了那些纪律,冲进城后,杀红了眼的奴隶和角斗士们却违背了军纪,开始了屠杀和掠抢。斯巴达克思一看情势不对,立刻骑着马沿着街道飞跑,最后总算制止了屠杀和抢掠的行为。

斯巴达克思动怒了,命令号兵吹响了集合号。

号声就是命令,不一会儿,整个军团便在瑙拉城宏伟的大议场上集合了。斯巴达克思出现在采莱尔神庙的台阶上,他脸色铁青,神色非常严峻。他目光炯炯地注视着他的军队,拉开洪亮的嗓门,威严地说:"野蛮的罪人啊,难道你们想要得到强盗和土匪的称号吗?难道这就是我们起义的目的吗?难道我们有了罗马这个强大的敌人还不够吗?要叫意大利所有的民族都仇恨和诅咒我们吗?现在,全意大利的人都在提心吊胆地看着我们,因为压迫者们说我们是烧杀抢掠的野蛮人、强盗和最下贱的人,而我们要用我们的行为来证明给所有的人看,我们不是那样的人!让所有善良和正直的人理解我们,支持我们。让他们知道我们绝不是烧杀抢掠的强盗和土匪,我们是在为争取自由和生存而战,我们的事业是正义的,是伟大的!只有获得大多数公民的支持,我们才会取得最后的胜利!现在我重申我们的军纪,从今天起,若再有像今天这样的情形出现,一律按军纪严惩,决不留情!"

为了不再增加瑙拉人的恐慌,斯巴达克思决定撤至城外驻扎。于是,他下令在城墙边的小山上扎营。来投奔的奴隶和角斗士还是源源不断,一直增长到了七千名。斯巴达克思用从瑙拉城里搜集来的大批武器和铠甲来装备他们,严格地训练他们。

这天傍晚,一支两千人左右的角斗士队伍开进了营地,领头的正是斯巴达克思十分思念的老朋友克利克萨斯。一见到他,斯巴达克思先是惊讶得愣住了,接着便欣喜若狂地扑过去热烈地拥抱了他。

克利克萨斯向斯巴达克思讲述了起义后他所遭受的种种迫害和从十字架下脱险的经历。他带来的两千人全是从各个角斗学校逃出来的角斗士。两千人的加入使起义队伍达到了近万人。于是,斯巴达克思把一个军团编成了两个军团。一个军团由诺埃玛依率领,一个军团由克利克萨斯率领,而斯巴达克思则在一片拥护声中成了最高首领。

密尔查、爱芙姬琵达和她的捐赠

密尔查和爱芙姬琵达两个年轻女人先后来到了起义军的营垒。密尔查为了亲爱的哥哥,希腊名妓却是为了疯狂的爱情,不仅抛弃了奢侈舒适的淫乐生活,而且把她的全部家产捐给了起义军。

斯巴达克思的起义大军令罗马元老院伤透了脑筋,因为经过远征考验和训练有素的正规军都派去对付米特里达梯斯王了。最后,元老们只好决定由普勃里乌斯·瓦利尼乌斯的军团去攻打斯巴达克思。这个军团有七千名步兵、三百名持枪骑兵和六百名掷石兵。四十五岁的普勃里乌斯出身平民,身材粗壮结实,性情倔强、阴郁而沉默,无论在多么艰苦的军旅生活中他都能安之若素,勇敢到有点鲁莽的地步。他在军队中服务了二十八年,才得到了一个将军的称号。他的副将是三十五岁的葛利乌斯·傅里乌斯,那是一个勇敢而通晓军事的人,但同时也是一个爱饮酒、好斗殴的惹是生非的家伙。还有六位统领都是名门世家的贵族子弟。

罗马纪元六百八十年六月十四日,讨伐大军在普勃里乌斯的率领下浩浩荡荡地出发了。三天后他们到达了加太,在那儿扎了营,并派年轻的骑兵统领狄伯尔金斯前去收集军事情报。四天后,他带来的情报是:起义大军人数已达万人,武器精良,训练有素,营垒在瑙拉城外的小山上。营垒的工事筑得很坚固,他们显然准备在那儿等待罗马军的进攻。

根据这些情报,普勃里乌斯做出了他的军事行动计划,决定分兵两路,沿着两条几乎平行的路线向起义军的营垒进军,在同一时间内从两边夹攻敌人。于是,他把四个大队的步兵、两百名掷石兵和一百名骑兵交给副将葛利乌斯,命令他率领着向阿台拉进发,在那儿等待最后的进攻命令。而他自己率队直趋考提城,进入斯巴达克思的后方。他准备在那儿停留一天,向葛利乌斯发出进攻命令,等斯巴达克思集中力量攻打葛利乌斯时,他就从后方猛袭敌人,一下子把他们全部消灭。他一点也不怀疑斯巴达克思会不在营垒里等着他,会采取别的什么战术。因为他认为斯巴达克思只不过是一个下贱的角斗士,根本不会懂得什么战略战术。于是,他立即按照计划行动了。

斯巴达克思得到罗马军分兵两路的情报后,立刻明白那位将军犯了一个极大的错误,把他的大军分成了两部分!于是,他决定迅速插入两股敌人之间,分头消灭他们。他立即命令大军急行军赶到里吉尔纳姆。葛利乌斯到达提菲尔纳时,得到探子报告,说斯巴达克思突然到达里吉尔纳姆,离他们只有一天的路程了。如果作为一个兵士,葛利乌斯很想与斯巴达克思单独较量一下,但作为一个指挥官,他却深晓不能与占优势兵力的敌人交锋,于是,他向左拐直上卡里,然后到达加普亚。在加普亚,他和城防军联合作战,一定可以打败角斗士的进攻。如果斯巴达克思转向拉丁省的话,他有足够的时间和普勃里乌斯联合起来,从后方猛攻他们;如果斯巴达克思向后撤退,他就从加普亚按预定时间到达阿台拉。他命令部队下半夜开拔,并派出三个扮成农夫的探子,去向斯巴达克思捏造假情报,说他的军队已经撤回加太了。

然而,斯巴达克思从自己的侦察员那儿获悉了葛利乌斯的去向。

斯巴达克思对罗马兵法十分赞赏,不仅借鉴,而且加以研究,把马略创立的"兵贵神速"的法则很好地运用在实践中。他常常将自己的行动、军队的调度、运动及转移与地形、局势以及敌人的位置合在一起考虑。他对葛利乌斯的意图十分明白,决定再来一次急行军,把葛利乌斯阻截在加普亚城附近的卡里。于是,他向刚刚经过急行军的部队进行了一次简短的演说,激励战士们为了胜利急速前进,争取在第二天傍晚到达卡奇陵。

卡奇陵是一个繁荣的小城市,它距离加普亚七里,距卡里十一里,是一个战略要地。占据它以后,不仅可以分割敌人的两股兵力,还可以防止加普亚对他们的支援,把他们分别消灭。经过一天的急行军,起义大军在预定的时间到达了卡奇陵,在通向卡里的一块高地上建立了营垒。这时的起义军已经拥有了一支六百人的骑兵队,由鲍尔托利克斯任队长。斯巴达克思命令他派遣两个侦察小队在半夜里出发,一队去侦察敌情,一队去侦察地形,必须在天亮前回来报告。天亮前,派去侦察敌情的小队回来了,说罗马军正在向卡奇陵开来。

斯巴达克思立即下令吹起身号,命令第一军团列成战阵,在第一线布置了两千轻装步兵和掷石兵,在第二线布置了军团余下的全部兵士。

他把第二军团分成两队,一队向左,一队向右,穿过田野和葡萄园前进,要他们远远地隐蔽起来,在交战后从后面和侧翼向敌人猛攻。

太阳升起来了,金光洒满青翠的山谷和葱郁的葡萄园,大片成熟的麦子在阳光下摇曳着沉甸甸的穗子,野花盛开的草地上,露珠一片晶莹。

这是一个美丽可爱的早晨。

太阳渐渐地升高了,这时,罗马军的前锋出现了。第一线的轻装步兵和掷石兵立刻奋起迎击敌人,向他们投去冰雹似的石块和铅丸。罗马兵立刻退了回去,转身去报告突然出现的敌情。斯巴达克思立刻跳上他那精壮的黑马,下令吹起冲锋号,给敌人一个措手不及。突如其来的敌情并没有使葛利乌斯惊惶失措,他沉着地命令掷石兵和轻装步兵立即分散开来,拉长战线,尽可能不至于被优势兵力包围,并命令正规步兵立即占领附近的坡地,迅速列好战阵。

角斗士们发起了猛烈的进攻,而罗马兵也英勇地进行着反攻,双方交战十分激烈。只听见一阵阵盾牌的碰击声,短剑的铿锵声和交战者狂野的呐喊声。战斗持续了半小时,交战双方都一样凶狠一样英勇,然而,兵力不足的罗马兵显然不能长久支撑了。这时候,克利克萨斯的第二军团从埋伏着的地方从敌人后面包围上来。在起义军的前后夹攻下,罗马军很快就溃不成军,兵士们四散逃奔,大部分都陷在包围圈里英勇地战死了。勇将葛利乌斯也死在了乱剑之下,他的四个大队就这样在不到两个小时的时间里全军覆没了。

斯巴达克思又打了一个漂亮的歼灭战!

第二天,斯巴达克思为了争取时间,一早便拔营出发。翻过阿平陵山的支脉,越过卡里城,于黄昏时分赶到了里利斯河东岸的城市吉昂。在离吉昂几里地扎下营后,斯巴达克思立即派出骑兵侦察队,按他的推测,普勃里乌斯应该在两三天前经过吉昂到阿里发去了。然而,侦察的结果是他于昨天晚上才经过吉昂到阿里发去。斯巴达克思反复地考虑后,果断地决定前去拦截他,并与他进行决战,在罗马同盟者的援军到来前就消灭他。于是,起义军在第二天就离开了吉昂,于午后到达了法尔杜纳斯河右岸的考提峡谷,在河岸上扎了营。第二天早晨,他下令砍伐大批粗大的树木,在河上搭建木桥,把队伍渡过河去,在考提山上占领俯瞰拉丁大道的重要阵地,在那儿等待敌人。

第二天中午,从阿里发开来的罗马军在对面河谷间的那片高地上出现了。当普勃里乌斯发现敌情时,起义军的进攻已经开始了。罗马军匆匆应战,拼死抵抗,战斗异常激烈残酷,一直持续到黄昏。普勃里乌斯受伤后,罗马军开始后退。眼看夜色昏暗,斯巴达克思下令吹响了收兵号。

受伤的普勃里乌斯狼狈不堪地逃进了阿里发城,在那里尽力收容逃来的兵士,经清点后发现死伤者达三千多人。

起义军在这次战斗中也牺牲了三百来人,伤者近千人,可见战斗是多么的酷烈!

伤败之时,普勃里乌斯得到了葛利乌斯阵亡和全军覆没的可怕消息。从来不知道惧怕的老军人第一次心虚了,他怕起义军再一次发起进攻,一面诅咒着天上地下的神灵,谩骂着可怕的角斗士,一面率领残部匆匆撤离了康滂尼亚省,躲进沙姆尼特省的鲍维昂纳城里。

屡战屡胜的起义军军威大震,士气高昂,乘胜来到了加普亚城下。斯巴达克思派了一个传令官进城,要求提督和元老院无条件地把巴奇亚图斯角斗学校的五千名角斗士放出城来,如果拒绝这个要求,起义军将用火和剑与他们对话。

惊恐万分的加普亚元老们立刻聚集在神庙中开会,大议场上聚集了加普亚城的大批民众,要求元老们赶快满足起义军的要求,以保城市的安全。元老们面面相觑,谁也不知道该怎样办。罗马派来增援城防军的统领却是一个沉着勇敢的人,他安慰大家不要害怕,说角斗士是无法攻进城来的,因为加普亚城的城墙非常坚固,而角斗士没有石弩、攻城锤、弩炮、掷石机和尾部呈镰刀形的破城机,是无法把城攻下来的,再说还有他们英勇的城防军,一定不会让角斗士轻易得逞的。尽管统领说得十分慷慨激昂,可一想到那些关于罗马军惨败的消息,再听着从大议场上传进来的要求赶快放出角斗士的呼声,早已吓得面无血色的提督梅季乌斯建议尽快放出那五千名角斗士,以保全城的平安。他的建议立刻得到了元老们的赞同,说那是既明智而又审慎的做法。于是,五千名角斗士很快就被放出城去了。

就这样,斯巴达克思不用一枪一弹,又打赢了一仗,带着新增加的五千名战士离开了加普亚城,回到了瑙拉的大本营,成立了第三军团,悉心地训练新兵。

而那惨遭失败的普勃里乌斯向罗马元老院请罪后,要求给他增派新的军队,让他再上战场去洗刷战败的耻辱,扭转危局。

元老院同意了他的请求,答应给他派八个大队的援兵,再让他到马尔西人、沙姆尼特人和毕赛恩人中去征集十六个大队的兵士,组成另外两个强大的军团。

普勃里乌斯怀着洗刷耻辱的强烈愿望,把从罗马新增派的八个大队交给原来军团中资格最老的统领考西尼乌斯。自己亲自征集新兵去了。

在斯巴达克思瑙拉城外的营垒里,训练新兵的工作每天都在进行。这天,是他起义以来最愉快的一天。葛拉尼克斯终于成功地从拉文那带出了五千名角斗士,来到了瑙拉的军营里。至此,起义军已经达到了两万人!傍晚时分,愉快的一天就要结束时,新的愉快又来临了,斯巴达克思亲爱的妹妹出人意料地来了。妹妹的到来使他惊喜万分,也使他激动不已,因为她是从范莱丽雅身边来的。

"你怎么来的?你的女主人知道吗?"斯巴达克思急切地问。

"是她让我来的,她赐给了我自由,啊,亲爱的哥哥,我多快乐啊!从今往后,我再也不是一个奴隶了!"密尔查像个小孩子似的,高兴得流着眼泪,亲热地偎依着哥哥。

"你的女主人怎么样,她好吗?"斯巴达克思仍然急切地问。

"哦,但愿朱庇特永远保佑她,她是世界上最好、最美丽、最善良的夫人!她释放了所有的奴隶,在她的家里已经没有一个奴隶了,所有的仆人都是自由人了。她常常和我谈到你,非常尊敬你,说你天生就是一个伟大的统帅,老天爷把一个伟大统帅所应有的品质都慷慨地赐给了你。她要我问候你,并感谢你对她哥哥的宽厚仁慈。"

"那么,她生活得怎么样?她快乐吗?她的……孩子好吗?"

"喔,她生了一个多么漂亮、多么可爱的女儿啊,她的脸儿像月亮,眼睛像星星,声音像泉水……"

"喔,天哪!"斯巴达克思呻吟般地叹息了一声,情不自禁地说:"那是我……"他及时地收住了口,差点道出了心中的秘密。

哥哥的失态引起了密尔查的注意,停住口呆呆地望着他。

"说呀,你再说呀!"斯巴达克思恳求道,"说说你的女主人,她过得好吗?"

"不,她过得非常不好。"密尔查说,轻轻地叹了口气,"唉,我从没见过像她那么忧郁的女人。也许,她的快乐都让她死去的丈夫带走啦!"

"是的,喔,是的,我知道,她的快乐是让人给带走了!但愿她能知道,带走她快乐的人是多么的爱她!"

"死了也能爱吗?"

"爱是不会死的!"斯巴达克思说,吻了吻妹妹的额头,"等你有了爱,就会懂得的。对了,她那可爱的女儿叫什么名字?"

"波斯密杜雅。"

斯巴达克思再也没有提问,走出营帐,抬头望着刚刚升上来的月亮。

斯巴达克思的营帐在全营垒最高的地方,营帐前是一片小小的场地,这场地按罗马人的叫法就是将军法场。在营帐的后面有一座安放旗帜的帐幕,由十夫长和他的十名战士守卫着。

斯巴达克思正站在营帐前的将军法场上,对着月亮寄托着他深深的思念,范莱丽雅那美丽的倩影在他眼前不断地浮现……

这时,一个十夫长带着一个容貌俊秀而文弱的小小的兵士来到了他的面前,打断了他的沉思。

"尊敬的首领,这个罗马小兵说什么也要见你,我只好把他给带来了。"十夫长说。

"你好,尊敬的首领。"那罗马小兵问候说,声音细声细气的,活像个女人。他穿着一套用无数的白银圆环和三角银扣子制成的奢华的锁子甲,从他的右肩到左腰斜系着一条宽宽的金链佩带,上面挂着一把精工制作的短剑;他的头上戴了一顶银盔,一条纯金的小蛇昂然高踞在盔顶上。 绺绺红色的卷发从银盔下拄了下来。在他那俊美的脸上,一双海水般深蓝、杏子般漂亮的大眼睛正热辣辣地望着斯巴达克思。

斯巴达克思惊讶地对他看了一会,问道:"你是一个罗马兵士,为什么想要见我?"

"因为你现在名气很大,而我又认识你,崇拜你,热爱你,所以就来见你。"

"怎么,你说认识我,可我不认识你呀?"

"不,你认识我的。"那小兵笑着说,把银头盔取了下来,露出一头

漂亮的红卷发。

"天哪,爱芙姬琵达,怎么是你?"

"是的,是我。"爱芙姬琵达说,"我不是什么罗马人,而是一个希腊人,一个没有祖国的奴隶,是荒淫的罗马人把我变成一个可悲的妓女的。"

"可你来这里做什么呢?"

"我要复仇。为我的父亲和兄弟,为被奴役的祖国,为我被污辱和蹂躏的青春,也为我的……爱情。"爱芙姬琵达悲愤而热烈地说,两眼含满了眼泪。

斯巴达克思被她的话感动了,把手伸给她,说:"那么,你就留下来吧。只要你能够,就与我们一起大步行军,如果你有足够的力量,就与我们一起战斗吧。"

"只要我想,我就一定能!"她紧紧握住斯巴达克思温暖的大手说。一阵激动使她脸色发白,双脚发软,似乎马上就要昏过去了……

斯巴达克思忙伸出左手托住了她,让她靠在自己的臂弯里。他那浓烈的男人气息使她浑身一阵发烧,不由紧紧依偎在他的怀里,热烈地含糊不清地呢喃着:"呵,我好爱……好爱!"

斯巴达克思听不清她说些什么,但感到了她那女性的热情。刹那间,他好似给电击中了一般,忽地生出一股巨大的热腾腾的冲动。就在他想把她紧紧抱住的一瞬间,他控制住了自己,猛地把她推开,匆匆地走开了。

爱芙姬琵达垂下了头,默默地站在那里,好像失了魂一样,痛苦地呻吟着:"天哪,我爱他,我真的爱上了这个令我心碎的男人!"

第二天上午,斯巴达克思正站在营帐前的场子上和诺埃玛依谈话,爱芙姬琵达来了。她朝他闪动着她那海水般的蓝眼睛,说:"你愿意我做你的传令官吗?"

"我没有传令官。"斯巴达克思说。

"可是,你既然采用了罗马的军事制度,你身为全军的领袖,怎么能没有传令官呢?当你指挥两万名士兵的时候,你怎么能够同时到几个军团去呢？怎样同时把你的命令传达给各军团呢？你应当有几个传令官才行呢。"

斯巴达克思诧异地望着她说："作为一个女人，你怎么会懂得这么多呢？"

"应当说，我是一个钻在女人柔弱躯壳中的一个热烈而又坚强的灵魂！"希腊姑娘骄傲地回答。

"是的，你是一个了不起的女人！"诺埃玛依深感兴趣地瞧着她。

"不，我并没有什么了不起。"爱芙姬琵达冷淡地说，"但我具有坚强的性格和聪明的头脑，拉丁话和希腊话都说得很好。我要把我的全部财产——大约六百泰伦脱，献给我们的共同事业，同时准备着把我的生命也献给这一伟大的事业！"

她说完就转身朝旁边的大路走去，发出一声长长的呼哨。不一会，大路上立刻出现了一个牵着马的奴隶，马背上驮着两个小小的口袋，里面装着她赠给起义军的黄金。爱芙姬琵达让马在斯巴达克思面前停了下来。

斯巴达克思被这希腊姑娘的豪迈气概打动了，对她说了一些感谢的话语，但关于她希望做传令官的事情还不能答应她，说如果什么时候需要设置传令官的话，他会考虑她的。说这些话的时候，他的语气认真而又严峻，脸色有点阴沉。说完便告辞回营帐去了。

望着他魁梧挺拔的背影，爱芙姬琵达不由感到十分惆怅。

第二天，在斯巴达克思的营帐里，开了一个由起义军全体领导者参加的会议。决定接收爱芙姬琵达捐赠的巨款，用来购置武器、盾牌、铠甲和战马，成立一个骑兵军团。会上还对爱芙姬琵达关于设置传令官的建议进行了讨论，一致认为这个建议非常正确，是到了设置传令官的时候了。于是，决定在各军团中挑选出十个青年和爱芙姬琵达一起到总司令部供职。接着，会议决定克利克萨斯率两个军团留在瑙拉，由他负责新军团的训练工作。而斯巴达克思和诺埃玛依则率领两个军团出击，继续解放奴隶和角斗士，以进一步壮大起义军队伍。

战胜了将军,也战胜了诱惑

罗马派来的将军们一个个败下阵来,执政官前去诱降也败下阵来。希腊名妓的诱惑使斯巴达克思经受了灵与肉的严峻考验……

两个月来,斯巴达克思在整个拉丁省任意纵横,解放了大批的奴隶和角斗士,组成了两个新军团,使起义队伍扩大到了三万人。

这时,普勃里乌斯也完成了他的新兵征集工作,于是,新征集的十六个大队和罗马增派的八个大队,再加上原来的三千左右的残兵败将,他一共有了将近三万人马,和斯巴达克思旗鼓相当。

由于雪耻心切,普勃里乌斯对新兵草草训练之后便率领着他们向瑙拉进发。斯巴达克思得到消息后,派两个军团留守瑙拉的大本营,他立刻率领大军去迎战敌人。在阿昆纳附近,两军相遇了。在训练有素的角斗士的猛烈进攻下,罗马军很快便溃散了。普勃里乌斯一心想洗刷失败的耻辱和竭力挽回罗马的荣誉,没想到在对方的迎头痛击下,遭到了如此的惨败!他虽然十分英勇顽强,可又一次被斯巴达克思刺伤,从马上滚落下来,狼狈不堪地徒步逃走了。他的军队死伤大半,给起义军留下了大量的武器和辎重。

斯巴达克思在阿昆纳附近打垮了普勃里乌斯后,放弃了旧的营垒,建造了一个新的更大的营垒,四周围着很深的壕沟和高高的防栅。

每天都有成群结队的角斗士和奴隶前来投奔,起义军迅速地扩展到了五万多人。斯巴达克思把他们按民族编成了十个军团,每个军团五千人。每个军团的指挥官都由他们民族的人来担任。这样一来,每个军团都会团结得更加紧密。除了十个军团步兵外,还有一个三千人的骑兵队。在这五万三千人的拥戴下,斯巴达克思当选为新的总司令。

康滂尼亚的战局由于普勃里乌斯的大败而起了巨大的变化,五万多奴隶和角斗士已经成了康滂尼亚省的主人。所有的罗马人不得不红着脸承认斯巴达克思是一个了不起的统帅。罗马元老院把关注的目光从远征米特里达梯斯王的战争转移到了斯巴达克思的身上,已经不再认为这是一件小事,不敢再以轻率的态度来对待了。他们委任了贵族凯乌斯·安菲狄乌斯·奥莱施杜斯将军去统治西西里,同时率兵剿灭起义军。

奥莱施杜斯原是苏拉手下一位卓越的将军,今年四十五岁,极富智慧和远见。他拥有一支三个军团的强大军队,一个军团全是罗马人,一个军团全是意大利人,第三个军团是达尔马西亚人和伊里利亚人,三个军团达两万人,另外还有从阿昆纳战败后逃回来的一万多人。他在拉丁省内对这三万多兵士进行很严格的训练,准备在春季来临时给斯巴达克思以沉重的打击。

春季如期来临,透明而湛蓝的天空下,迷人的野花和青青的嫩草编织着华丽的地毯,小鸟悦耳的歌声发出爱的呼唤……

就在这充满着温暖和美丽的季节里,罗马军和起义军开始同时出发。罗马军从拉丁省南下,起义军从康滂尼亚省北上,他们将用鲜红的鲜血,灌溉意大利绿色的原野。

奥莱施杜斯从诺尔巴出发,沿着阿庇乌斯大道直趋芬提。他知道斯巴达克思已经从里吉尔纳姆沿着陀米齐乌斯大道出发了,因此就在芬提建了营垒,占领了一个使他的六千骑兵可以立刻向敌人进攻的十分有利的阵地。

几天后,斯巴达克思的大军来到了福尔米耶,居高临下地扼住了阿庇乌斯大道。斯巴达克思带着三百名骑兵,亲自出发去侦察敌情。

显然,奥莱施杜斯比前几位将军厉害得多,他立即派出他强大的骑兵队去攻打斯巴达克思的侦察队。一场短促的战斗后,斯巴达克思损失了一百人,不得不急速地退回福尔米耶,决定在这儿等待敌人。他认为那位将军在轻易得手后,一定会发动新的进攻。可是,那位将军显然没有这么简单,他让斯巴达克思在那儿白白干等了十五天。

　　面对这样的状况,足智多谋而通晓军事的斯巴达克思经过一番研究,制定出一个机智的策略。天黑后,他亲率八个军团悄悄地出发了。营中只留下诺埃玛依的两个军团和骑兵队。

　　他们连夜急行军,穿过环绕泰拉钦纳城的大森林,在敌人后方建筑了一座营垒。

　　奥莱施杜斯得知斯巴达克思绕到了他的后方的消息时,依然十分地冷静。他识破了斯巴达克思挑战的意图。整整八天,斯巴达克思徒然地向敌人挑战,那位将军就是按兵不动,他是不会在于他不利的形势下出营交战的。

　　于是,斯巴达克思不再挑战了,他暗暗地开始了新的战略部署。

　　几天后,奥莱施杜斯吃惊地获悉,角斗士们不但又在芬提和英吉尔拉姆纳之间的险地建成了第三座营垒,还在芬提和毕维尔纳之间建成了第四座营垒,占领了临阿庇乌斯大道的所有要冲阵地。奥莱施杜斯这才明白自己已经陷入被包围的困境中了。他要么被迫出去交战,要么在七八天后迫于饥饿向角斗士投降。如果出去交战的话,无论他攻打哪一个营垒,另外两个营垒的敌人都会赶过来增援,而斯巴达克思就会从后面进攻,使他全军覆没。奥莱施杜斯万分焦虑,绞尽脑汁也想不出一个摆脱困境的办法来。

　　一天,有五个从罗马军营内逃出来的士兵被带到了斯巴达克思的面前。当询问他们为什么要逃到这边来时,他们说将军准备在晚上秘密离开营垒,去攻打驻扎在福尔米耶附近的角斗士军队,然后急行军向加尔斯前进,躲进加普亚城里去。他们认为这是去送死,在这样团团包围下,除了投降是没有活路的,所以逃出来向起义军投降。

　　斯巴达克思默默地听着他们的供述,时不时用锐利的目光扫视他们几眼,听完后便让传令官带走了他们,吩咐好生看管。望着投降士兵的背影,他陷入了深深的沉思。他已经识破了奥莱施杜斯将军的障眼法。因为,像他那样懂军事的将军是不会朝加普亚方向突围的,而是会选择相反的方向,也就是朝罗马的方向。如果罗马在他的后方,即使他的军队再少,对起义军的威胁也是很大的。如果他的估计没有错误,罗马人将在明天早上向克利克萨斯发起进攻。

斯巴达克思唤来两个传令官,命令他们骑快马到福尔米耶的营地,命令诺埃玛依赶到离芬提六七里的地方扎营。他又让两个传令官赶去警告克利克萨斯,罗马人明天早上可能对他发起进攻,要他做好防范。

一切如斯巴达克思所预料。拂晓时分,克利克萨斯的哨兵向他报告,罗马军迫近了。克利克萨斯的两个军团半夜里就做好了战斗准备,所以一点也不慌乱。克利克萨斯命令掷石兵迅速前进,向罗马军投去石块和投枪,同时命令步兵在营垒外占据有利地形,列好阵势。

起义军发出第一阵投枪和石块后,奥莱施杜斯立刻发起了进攻。他命令轻装步兵和掷石兵从主力中冲出去,排成一列分散的队伍,向起义军进攻。轻装的罗马兵在发出几阵投枪后,立刻从主力中退出,腾出地方给三千名骑兵。三千名骑兵立刻以不可阻挡之势向对方的掷石兵猛扑过去。克利克萨斯立刻下令吹退兵号,但是,徒步的掷石兵很快便被罗马骑兵追上了,被他们狠命地乱砍乱杀。短短的时间内,掷石兵便损失了四百多人。当克利克萨斯率兵赶到后,立刻向罗马骑兵投去一阵密集的投枪,罗马骑兵立刻乱纷纷地退却了。奥莱施杜斯召回了骑兵,立刻率领他所有的军团向克利克萨斯的军团猛攻,在敌人的援兵到来前,他必须取得胜利。为了避免遭到覆没的厄运,罗马军团的攻势十分地狂暴,克利克萨斯军团的阵线眼看就要崩溃了,但阿尔托利克斯和克利克萨斯英勇的冲杀和热烈的呐喊极大地鼓舞了士气,起义战士们没有一个人后退,英勇地挡住了敌人的进攻。

阴沉沉的天空下起了寒冷刺骨的细雨,武器的碰击声和交战双方

的呐喊声响彻四野。

又一个罗马人的军团从后面绕了过来,准备攻击起义军的侧翼。鲍尔托利克斯率第四军团迎了上去,刚刚交手,奥莱施杜斯的最后一个军团又从另一面迂回过来了。看来胜败已不是勇敢和无畏所能决定的了,而是由人数的多少来决定了!克利克萨斯明白,再过半小时他们就要陷入重围,被敌人彻底击溃。在这半小时之内,斯巴达克思是否能够赶来援助他呢?他不能确定这一点,因此,他命令鲍尔托利克斯率军团边战边退,接着向阿尔托利克斯也下了同样的命令。

在两个大队的掩护下,起义军们退到营垒中,而那两个大队的一千多个高卢人则显示了惊人的英勇气概,只一会儿,四百多人便倒在了血泊中。为了活着的那五百多人,营垒中的战士们纷纷爬上防栅,向罗马军投去密集的石块和投枪,使罗马人不得不向后退却和停止进攻。

看见敌人全部退回了营垒,奥莱施杜斯下令吹响了集合号。把军团整顿好后,他命令迅速向毕维尔纳前进。虽然受了不小的损失,但大部队还是冲出来了,他庆幸自己狡猾的计策得到了成功,斯巴达克思已经向福尔米耶进发了。

但是,他显然庆幸得太早了,还没有走上两里路,斯巴达克思军团的掷石兵就和他遭遇了。奥莱施杜斯急忙把骑兵派出去对付那些掷石兵,同时让四个军团列开了阵势,把另两个军团向另一面展开,以便抵挡克利克萨斯的攻打。

斯巴达克思的第五、第六军团和罗马军开战后,克利克萨斯立刻整理好自己的残军,重新投入了战斗。

双方正打得难解难分,在芬提城的丘岗顶上出现了诺埃玛依军团的前锋。日耳曼军团的战士们看到下面山谷中已经发生了战斗,立刻发出惊天动地的"巴尔啦啦"的呐喊声,向罗马人猛扑过去。三面受敌的奥莱施杜斯的军队终于难于抵挡,很快便溃不成军,朝着毕维尔纳的方向飞逃。

斯巴达克思下令吹响了冲锋号,向敌人紧紧追赶。这时,在溃军的右翼杀出了最后赶到的葛拉尼克斯的军团,又狠狠地给了敌军最后的一击。

盛况空前的血战结束了,罗马军死了七千多,被俘四千多,伤者不计其数。只有骑兵队保全了实力,全部逃进了毕维尔纳城。

起义军的损失也不轻,克利克萨斯几乎丧失了一个军团,伤者也不计其数。

就这样,罗马人第二次征讨斯巴达克思的战争刚开始便结束了。斯巴达克思的名字让罗马人听了胆战心惊,使元老院的元老们惊恐不已,急急忙忙地商讨对策。

芬提战役后,斯巴达克思召开了一次军事会议,决定把军队先开到沙姆尼省,再转到阿普里亚省,那两个省现在对他们已毫无阻碍了,可以把那儿的奴隶和角斗士解放过来。

在罗马,元老院的元老们也开了一个会,谁也不知道他们在会上做出了什么样的秘密决议,只知道在会议结束后的当天晚上,执政官玛尔古斯带着几个奴仆离开了罗马。他既不穿执政官的服装,也没有仪仗队开路,而是把自己打扮得像一个平民,骑着马出了埃斯克维林门,沿着普莱涅斯特大道疾驰而去。

一个月后,斯巴达克思的起义军从沙姆尼省转到了阿普里亚省,在维纳西亚附近扎了营,开始训练新成立的两个军团。一个军团全由色雷斯人组成,另一个由高卢人组成,他们全是新解放的奴隶和角斗士。

这天中午,一个十夫长进来报告斯巴达克思,说罗马元老院派来一个使者,正在营垒门口等候。

"啊,我对朱庇特的雷火起誓!"斯巴达克思两眼迸射出喜悦的光辉,兴奋地说,"难道拉丁民族的骄横气焰竟低落到了这个地步,决定来跟'卑贱'的角斗士谈判了吗?"

于是,斯巴达克思披上了黑色的罩袍,端坐在司令的位子上,对那

个十夫长说:"带他们进来吧。"

不一会儿,五个蒙着眼睛的罗马人被带了进来。

斯巴达克思命令为他们除去眼障,一个个审视着。他已经从神态和镶窄条紫边的宽袍上看出主仆来了,可他还是问道:"你们谁是使者?"

"是我。"那位五十岁上下、头发花白的装腔作势的贵族老儿答道。

"那么,把他们带下去吧。"斯巴达克思指了指那四个和他一起来的仆从。

一时间,两个人都不说话,互相对视着。最后,斯巴达克思指了指一把木椅,说:"坐吧,虽然没有你坐惯了的那把皮椅舒服,但坐着总比站着好吧。"

那使者不失尊严地慢慢地在木椅上坐下来。

"我对赫克里斯起誓,斯巴达克思,你不是为角斗而生的。"那罗马使者不失恭敬地说。

"不论是我,还是我的六万个不幸的弟兄们,都不是为做奴隶和角斗而生的!"斯巴达克思激烈地说。

"奴隶是命运所安排的,自从人类拿着武器互相刺杀那天起就有了。既为奴隶,就只能是奴隶,这是命运。相信我,斯巴达克思,没有人能改变得了命运!你的所谓伟大的理想,不过是你那高贵的灵魂所产生的不可实现的幻想。世界上有贵族就得有奴隶,从前是这样,今后也永远是这样。"

"不!"斯巴达克思怒狮般地吼道,把那贵族老儿吓了一跳,差点从木椅上滚了下来。"奴隶制度是残暴的,是不公正的!贵族是人,奴隶也是人!人人都应该享有生存和自由的权利!难道身为胜利者就可以剥夺别人的生存和自由吗?难道就可以残忍地用角斗士的生命和鲜血来娱乐自己吗?不!奴隶制度不能再存在下去了,我们的理想一定要实现,也一定能够实现!"

"不,那是不能够实现得了的!罗马元老院需要奴隶制度,贵族们也需要奴隶制度,他们会不惜一切地来维护它的。是的,你们已经有了六万人马,你是个了不起的英勇善战的统领,可是,要想打败强大的罗马是不可能的,他们会派更多更强的军队来消灭你们的。"

"那么就让他们来吧!"斯巴达克思说,显出一副无所畏惧的样子。

"噢,不不不,"罗马人立刻笑着说,"我可不是来向你下战书的。"

"那么,你是谁?你的使命是什么?"斯巴达克思严峻地问。

"我是骑士凯乌斯·鲁菲乌斯·赖拉,我负有执政官的两个使命。"

"请说。"

"第一,希望你把芬提战役中被俘的全部罗马人归还给我们。"

罗马人说完第一项便不说了,用那双察言观色的眼睛直望着斯巴达克思,等待着他的回答。

"第二呢?"斯巴达克思问道。

"我想先听听第一个答复。"

"好吧,我可以把那四千名俘虏还给你们,不过,你们得用一万把西班牙式短剑、一万面盾牌、一万副铠甲和十万支投枪来交换。"

"天哪,你竟要我们用自己的武器来装备你们……"

"看看我们的武器,哪一样不是你们的?"斯巴达克思的嘴角显出一丝嘲讽,"只不过是从你们那儿夺来的。"

"请你另外提个条件吧。"罗马人恳求说。

"不,不行,请转告元老院,要想放人,请于二十天内把上好的武器送来。现在请传达你的第二项使命吧。"

"这是一项关于停战的建议。我们知道你爱上了罗马最美丽、最贤德的女人,她也苦苦地爱着你,还为你生下了一个漂亮可爱的女儿……"

"住嘴!"斯巴达克思恼怒地叫道,满脸通红地说:"你们为什么要提及此事,这和停战没有关系。"

"不,这可大有关系,请你听我把话说完。你和范莱丽雅夫人的爱情在罗马已不是什么秘密,为了使她免除家族对她的责难,元老院特地询问过她是否愿意嫁给你,她表示非常愿意。只要你听从罗马元老院的安排,和你心爱的女人结婚后,如果你愿意在战场上继续表现你的英勇和才能,可以派你到西班牙庞培的麾下去当一名副将;如果你想过安逸舒适的生活,可以派你到阿非利加洲担任提督。从此和你心爱的女人和可爱的女儿共享安乐和富足。"

"啊,多么诱人的一块蛋糕啊!"斯巴达克思无比向往地叹息说。

"当然,那可是绝对的自由,绝对的幸福哪!"罗马人忙说,丝毫没有注意到斯巴达克思唇边浮起的嘲讽,也没注意到他的眼中正在迸发的愤怒和轻蔑。

"那么,我的弟兄们呢?"斯巴达克思冷笑着说。

"当然,这是最重要的。起义军必须立即解散,奴隶和角斗士从哪里来,必须回到哪里去!元老院会宽恕他们所犯下的罪行的。"

"喔,多么仁慈的元老们啊!按照他们的惯例,我首先就得被活活地钉在十字架上,如今却对我们如此的宽宏大量!然而,请你代我谢谢他们的好意,因为我不愿意也不能让我的弟兄们再做奴隶和角斗士了,也不愿意看到世界上还有奴隶和角斗士存在,我永远也不会听命于他们!我深爱着我的女人,也深爱着我可爱的女儿,只有神灵知晓我是多么想念她们,多么渴望和她们自由自在地生活在一起!可是我不能放弃我伟大的事业和理想!"

"怎么……你……你怎么……这么好的事……你……你再好好想想!"

"快滚吧,带着你的使命,从哪儿来回哪儿去吧!"斯巴达克思说。

"啊,你这愚蠢的野蛮人!你知道你在跟谁说话吗?"劝诱不成的罗马人恼怒地叫道。

"哼,罗马执政官玛尔古斯·台伦齐乌斯·瓦尔洛·卢古鲁斯,忘记了在什么地方与什么人说话的是你自己!"

"怎么,你认出我来了?"执政官不由吃了一惊。

"哼!"斯巴达克思轻蔑地冷笑着,"你这无耻小人,你更衣换名,就以为我认不出你了吗?你企图诱惑欺骗,让我出卖良心,你以为我会像你那样为了自身利益而干出任何无耻勾当来!别痴心妄想啦,走吧,回到罗马去,召集新的军队,跟我在战场上见吧,我会给你最好的答复的!"

"可怜的蠢材!给你好处你不要。你以为你能长久地抵挡我们罗马大军的攻打吗?那你就等着吧!等着被活活钉在十字架上的那一天!"

"对了,我们有十三个不幸落入你们手中的战士,已经被你们残忍地钉在了十字架上!"斯巴达克思悲痛而愤怒地瞪着执政官,"现在我要警告你,二十天以内,收不到我所需要的武器和铠甲,你们那四千名俘虏也将同样被我们钉在十字架上!"

"怎么……你竟敢……"执政官气得脸都绿了。

斯巴达克思挥了挥手,命令手下把执政官和他的仆从送出营垒。

执政官刚出营帐,众头领们便一拥而入,对斯巴达克思的光明磊落和凛然大气表示了由衷的钦佩和赞赏。

当营帐内只剩下斯巴达克思一个人的时候,他的心情久久平静不下来。虽说断然拒绝了执政官的诱惑,可说真的,那诱惑对他来说实在是太大了!当听说范莱丽雅愿意嫁给他时,他多想骑上快马飞奔到她的面前,把她搂入怀中……可是他不能,不能,不能!现在,他深深地明白,他与她是永远不可能再见面了!"再见了,我亲爱的范莱丽雅!"他轻声地自语着,把她毅然埋入心底深处。他整理好自己的心绪,昂首走出营帐,去视察新兵的训练。

傍晚时分,他去看望了一个生病的士兵,回来时天已经黑了。他忽然感到十分困倦,于是决定早早睡个好觉,明天一早还有大事要处理呢。他走进营帐深处的卧室,这儿放着他的床,上面铺着新鲜的干草,干草上铺着柔软的羊皮,躺上去非常舒适。

睡梦中,他见到了范莱丽雅,他们热烈地拥抱着,她光滑柔嫩的胳

膊紧紧搂着他的脖颈,他们长时间地深深地吻着,吻着……

"喔,范莱丽雅!范莱丽雅!"他急切地呻吟般地呼唤着,忽地醒了过来,吃惊地发现那搂紧他颈项的柔嫩胳膊,那热吻……那一切全是真的,只有范莱丽雅不是真的!

"谁?你是谁?"他忙问,用力把她从身上推开。

可她又扑了过来,又用双臂围住了他的颈项,哀恳着说:"噢,斯巴达克思,请你可怜可怜我吧,可怜我一下吧……斯巴达克思,为了爱你,我快要死了!哦,我爱你,一直在爱你!"

"天哪,爱芙姬琵达!"斯巴达克思急忙从她的搂抱中挣扎出来,"你不能,不能!"

"为什么?为什么我不能?"美丽的希腊姑娘悲伤地抽泣着,"知道吗,我已经来过好多好多夜了,"她说着,身体像风中的树叶那么颤抖不停,"我跪在你的床边,欣赏你那英俊漂亮的脸庞,我止不住地爱你,仰慕你,崇拜你,整整五年了!自从你拒绝了我的爱情以后,我还是爱着你,中了魔一样地爱着你!我曾试着忘却一切,可就是做不到,你已经溶入了我的血液中,使我热血沸腾,使我疯狂!别再拒绝我,我不知道为了你我会做出些什么疯狂的事来!我不知道,不知道……"

狂恋中的姑娘真诚而热烈地表述着自己的爱情和痛苦,她一把握住斯巴达克思的手,用两片滚烫的红唇不断地亲吻。斯巴达克思被她的烈焰给点燃了,浑身一阵阵地颤抖……

忽地,他的眼前闪过范莱丽雅那双深情而哀怨的眼睛。他猛地一惊,把手从爱芙姬琵达的热吻中抽了回来。

"不行,不行,爱芙姬琵达,你听我说……"

"不听,不听,我知道你要说什么,我知道你一直爱着那个罗马美人,可是,她对你来说是天上的月亮,你得不到她的,甚至永远也见不到她了。你为什么就不能看看我呢,难道我就那么丑吗?"

"不,你很美,爱芙姬琵达,你美极了,也很动人,可我不能,不能……"

"好吧,"爱芙姬琵达停止了抽泣,"告诉我为什么不能。"

"因为爱情是伟大的,只有纯洁的心灵才配拥有。爱,是一切美好的源泉,而贪欲则是万恶之本。贪欲产生战争、抢掠、奴役,看看那些奴役我们的罗马贵族们吧,哪一个不是荒淫之徒!难道不是他们贪婪的淫欲使你沦为妓女的吗?他们懂得爱吗?昨天,我摒弃了执政官巨大的诱惑,维护了灵魂和爱情的圣洁。所以我不能,不能让欲望玷污了圣洁的爱情和灵魂!爱芙姬琵达,理解我吧,我会像哥哥一样来爱你,让我们一起为我们伟大的事业并肩战斗吧!"

爱芙姬琵达咬着自己的手,默默地站了起来,慢慢地走出了斯巴达克思的营帐。

落入温柔陷阱的雄狮

斯巴达克思把爱芙姬琵达派去给诺埃玛依做传令官,没想到却使一个战场上的勇者落入险恶女人布下的温柔陷阱,透露了军事机密,结果使身负重命的秘密使者惨遭暗算。

爱芙姬琵达并不真正懂得斯巴达克思的那一席真言,只是明白了他既不会爱她,也不会要她。在她的生活中,他是第一个也是唯一一个不要她的男人。当沦为妓女之后,她常常参加贵族们的无耻酒宴和萨杜尔纳斯谷神节的狂欢,饱尝了种种富裕奢华和淫乐生活的滋味。在罗马最豪富、最风流的纨绔子弟的宠爱下,她成了一个骄纵万分的名妓,丧失了一个女人最可贵的羞耻心和辨别善恶的能力。

她的智慧往往屈服于突发的热情之下,她不能压抑自己的欲望,常常不惜一切手段来达到她所渴望的一切。对她来说,达到欲望就是成功。她总是以不可动摇的顽强意志向预定的目标推进,结果总是能够满足自己的欲望。这一次,斯巴达克思却让她彻底失败了。

那些贪恋她美色的荒淫贵族们让她对男人产生了极度的轻蔑和厌倦,那时候,她在斗技场上看到了英俊威武和勇敢刚毅的斯巴达克思,立刻就被他吸引住了。一种新的热情的快乐使她产生了想要得到他的强烈欲望,她怎么也没有想到斯巴达克思会拒绝她,他对她那征服过无数罗马贵族的美色居然毫不动心。当得知他和范莱丽雅的恋情后,她那没有获得满足的欲望变成了疯狂的嫉妒,她的血液沸腾了,强烈的淫欲已经转变为不可压抑的热情。斯巴达克思高举义旗后,她

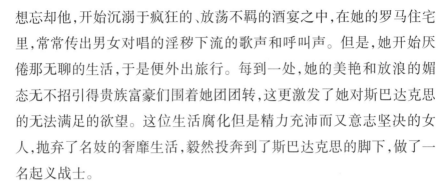

想忘却他,开始沉溺于疯狂的、放荡不羁的酒宴之中,在她的罗马住宅里,常常传出男女对唱的淫秽下流的歌声和呼叫声。但是,她开始厌倦那无聊的生活,于是便外出旅行。每到一处,她的美艳和放浪的媚态无不招引得贵族富豪们围着她团团转,这更激发了她对斯巴达克思的无法满足的欲望。这位生活腐化但是精力充沛而又意志坚决的女人,抛弃了名妓的奢靡生活,毅然投奔到了斯巴达克思的脚下,做了一名起义战士。

四年过去了,她以为斯巴达克思已经把范莱丽雅淡忘了,可是,来到军中的第一次诱惑又一次遭到了拒绝。一年多来,她无限忠诚地侍奉着他,无时无刻不在等待着,希望着……今夜,如果他把她抱在怀里,即使不爱,只要他要她,她也会深感幸福的。她也许从此变成了一个真正的好女人,与他一起去进行那英勇的正义事业。可是,他居然压抑住了燃烧的欲火,又一次拒绝了她!她默默地走出营帐,脸上淌满了泪水,胸中升腾起怒火。

她沿着静寂的营垒走去,在黑暗中,不时地被帐篷的小支柱绊倒,或者撞到那些围住大群战马的木桩,由于极度的激动,她什么也觉不得了,只是机械地迈着她的脚。在她乱糟糟的思绪中,她对再次遭受拒绝的痛苦没有明显的观念,对外界也没有确切的印象,她的耳朵里在轰隆隆地发响。充斥在她心中的只有一个强烈的欲望,就是复仇!无情的复仇!

新鲜而又凉爽的清晨的微风,吹拂着她丰满美丽的身子,渐渐地使她从麻木状态中清醒。她裹紧了睡袍,向四周看了一下,发现自己正站在第八军团的两列帐篷中间。她穿过帐篷,快步向自己的住地走去。

回到帐篷内,她忽然发现双手染满了鲜血,这才记起她一直在毫不怜惜地咬着它们。她睁大那闪射着怒火的绿色的眼睛,向空中挥舞着血淋淋的纤手,怀着满腔的憎恨,默默地向天上的一切神灵起誓,她一定要把自己得不到的东西彻底地毁灭!

几天前,斯巴达克思就说过要给诺埃玛依派一个传令官过去,可是,当爱芙姬琵达出现在他的营帐内时,日耳曼人不由惊诧万分。他常常在暗地里欣赏着这个希腊姑娘的美丽,但从未和她说过一次话,因为他认为她是斯巴达克思的女人。

"怎么,斯巴达克思给我派来的传令官竟是你吗?"

"是的。怎么,你不欢迎么?"希腊姑娘阴沉着脸回答。

"欢迎……欢迎,只是……只是……"

"啊,你以为斯巴达克思很在乎我吗?"希腊姑娘苦笑着说,"他只关心起义军的胜利。"

"咳,他可真是个怪人!因为没有一个男人会不注意你的,知道吗,你是所有生长在希腊阳光下的姑娘中最最漂亮的、最最动人的……"

"哼,请放尊重点,我不是什么最最漂亮的。请注意,我是一个传令官!"爱芙姬琵达骄傲地冷冷地说,转身向传令官住的帐篷走去。

爱芙姬琵达的美貌和骄傲很快便征服了诺埃玛依,这个粗野的日耳曼大汉在她面前忽然变得彬彬有礼了。只要一见到她,他就魂不守舍。

执政官卢古鲁斯和斯巴达克思会面后的第二十天,罗马人运来了斯巴达克思所要的武器和铠甲,第二天,那四千名俘虏便被他们接回罗马去了。于是,两个正在训练的新军团便用罗马人送来的精良武器装备得十分威武。这让全体起义军乐得像疯了似的。

八月底,斯巴达克思把起义军开进了阿普里亚省,在葛纳季亚附近选了一处形势险要的地点建造营垒,建得比以往任何一次都要坚固,四周挖了又深又宽的壕沟,因为斯巴达克思准备在这儿过冬。这里有农产丰富的田园、牛羊肥美的牧场,可以保证大军的给养。

在这里,斯巴达克思仔细地考虑了下一步的计划。经过一番深思熟虑后,他召集头领们开了一个秘密军事会议,做出了重要的决议。

这天晚上,在爱芙姬琵达的帐篷里,一盏小小的铜灯从木柱上挂下来,发出幽幽的光。昏黄的灯光里,希腊名妓半披着睡袍,巧妙地裸露着圆润的双肩和丰满诱人的胸脯。她的脸色苍白而阴沉,目光闪烁不定地注视着帐篷的入口。不一会,随着一阵沉重的脚步声,帐篷的入口处出现了诺埃玛依粗大的躯体。他低下头,弯着腰钻进了他戏称为"维纳斯神庙"的帐篷。他一进来便扑到希腊美女的面前,抓起她的手就急忙送到嘴唇上。

"喔,我魂牵梦绕的美人儿啊!"他热烈地叫道,满怀温情地望着她。

爱芙姬琵达努力地做出一副热情的媚态,而内心却冷冰冰的。

"会议开了这么久,一定有什么重大的事情吧?"她漫不经心地随便问道。

"哦,是的,重大而又紧要。"

"是有关将来的军事行动计划吧?"

"并不完全是军事行动方面的,还有……唔,真该死!"日耳曼人忽地住了口。

爱芙姬琵达忽地沉下脸,不高兴地说:"怎么,连我也不能说吗?"

"我亲爱的,请不要生气,这是军纪,在会上发过誓言的。"诺埃玛依忙说。

"我并不是想要知道些什么,不过是好奇罢了。可是,我却受不了别人对我的不信任。想想吧,我把全部的家产都捐给了起义大业,抛弃了安乐的生活,从一个柔弱的女人成了一个自由战士,难道你还要怀疑我的忠诚吗?"

"不不不,这和忠诚没关系,而是因为有誓言的约束。天哪,我爱你都快要发疯了,我怎么还对你恪守什么誓言哩!我这就把一切都告诉你……"

"不要,不要,不要!我不要你违背你们的誓言。"爱芙姬琵达激动地说着,竭力挣脱日耳曼人的爱抚,"我凭什么要知道不让我知晓的秘密呢,我一点儿也不想知道,你走吧,走吧……"

"天哪,别动不动就赶我走,我爱你,我离不开你,你是我的生命……"

"闭嘴,你根本就不爱我,如果真如你说的那么爱我,还会把我当外人一样来防范吗?我不要听,不要听你说爱我!"

诺埃玛依简直要疯了,恨不能把心掏出来给她看,于是一下子扑到地上去吻她的脚,请求她的饶恕,并以宗教中所有的神来起誓,以后无论什么誓言也阻止不了他对她的信任。接着,他把会上的一切都告诉了她。他说,斯巴达克思下一步要做的是,争取一些罗马贵族和平民青年到起义军中来,因为那些贵族都是负债累累,渴望改变现状,具有反叛当局的情绪。会上决定派卢提里乌斯为使者,明天就出发到罗马去见卡提林纳,请他来统帅起义军。

日耳曼人说出一切后,爱芙姬琵达渐渐地高兴起来了,对还躺在地上的诺埃玛依发出微笑。日耳曼人抓住她的一双纤脚放到自己头上,说:"瞧,我的宝贝,难道我不是你的奴隶么,用你可爱的小脚践踏我吧……"

"嗳,起来,起来,我心爱的诺埃玛依。"爱芙姬琵达伸手去拉他起来,嘴里甜蜜地说着,"这不是你处的位置,到我的身边来,近近的,贴着我的心……"

日耳曼人心花怒放,一下跳了起来,用粗壮的胳膊抱住她,疯狂地吻着……

当日耳曼人得到满足离开后,爱芙姬琵达便动开了脑子,她想:"咳,真不错,鼓动卡提林纳来当统帅……这就使起义显得高贵起来了,还会使别的贵族也参加进来……那可能会使平民也起来暴动,单纯的奴隶起义有可能转变成为大规模的内战……而且,卡提林纳也削弱不了斯巴达克思的领袖地位,因为卡提林纳对付不了这一大批野蛮的角斗士……啊,不不不,我不能让斯巴达克思遂心如愿!"

她悄悄地出了帐篷,向不远处马棚后面的一座帐篷走去。那儿住着跟她一起来的两个奴隶,是她极其忠心的心腹。她把其中身强力壮的席诺克拉特叫了出来,要他为她完成一件"秘密任务"。

　　三天后,该是她的秘密特使回来复命的时候了,可是,爱芙姬琵达直到天黑时分也没见到席诺克拉特的影子,却从诺埃玛依那儿听到了一个消息,说一队派出去筹集粮秣的骑兵在路上发现了卢提里乌斯的尸体,在他旁边还有一具释放奴隶的尸体,看上去,他们曾发生过一番激烈的搏斗。

流浪艺人的罗马之行

卢提里乌斯遭暗算后，斯巴达克思秘密派遣阿尔托利克斯化装成流浪艺人前往罗马，游说卡提林纳没有成功，却除掉了可恶的告密者。

罗马纪元六百八十一年十二月十九日，罗马城里热闹非凡，人们正在庆祝谷神萨杜尔纳斯的节日。城里城外约三百万的人全都浸透了狂欢的情绪，在街道上涌来涌去，中了魔一样地高叫着："快乐的谷神节万岁！"

就在这欢庆的日子里，在热闹的卡陵纳斯街上，出现了一个耍把戏的人。这是一个英俊的金发小伙子，身子灵活而又敏捷，清瘦的脸上闪着一双机灵的蓝眼睛。他的后面跟着一条模样可爱的小狗，左肩上坐着一只小小的猴子，背上背着一架小小的折梯、几串绳子和几个大小不一的铁圈。他就是斯巴达克思最亲密的战友阿尔托利克斯。卢提里乌斯遇害后，斯巴达克思没有和任何一个人商议，直接派遣阿尔托利克斯秘密前来完成那项重要使命。还在少年时期，阿尔托利克斯曾跟着一个艺人学过耍把戏的技艺，于是，他摇身一变，成了现在这个地地道道的流浪艺人。

这时，流浪艺人的前面出现了一大群五光十色的人，前面是一队歌手和琴师，后面的人们边走边舞，放开喉咙唱着颂歌。熟知罗马习俗的阿尔托利克斯在人群中分辨出了不同阶级的人，在披着雪白长袍的贵夫人后面，他看到了许多穿着红色无袖短衣的奴隶。

这一大群人穿过上神圣街以后，涌到围绕帕拉丁山周围的街道上去了。而阿尔托利克斯却沿着山脚走过去,爬向矗立在帕拉丁山北坡顶部的卡提林纳的府邸。

卡提林纳府邸前的拱廊里挤满了门客、释放奴隶和奴隶,正在乱糟糟地举行着酒宴,东一堆西一堆全是大吃大喝的人。还可以听见从这位骄傲的野心勃勃的贵族的宅邸中不时地传出一阵阵的歌声和欢叫声。

耍把戏的人一出现,拱廊里的人就疯狂地拍起手来欢迎他。于是,他不得不在这群醉汉面前让他的小狗和猴子表演爬梯子、投骰子的把戏来。表演完收钱的时候,阿尔托利克斯在人丛中认出了卡提林纳的管家。他走到他的跟前,要求他进去通报,说给主人带来了重要消息。管家告诉他卡提林纳在大议场,要见就到那儿去找。

阿尔托利克斯好不容易摆脱了那群疯狂的醉汉,急急忙忙下了帕拉丁山,直奔大议场。大议场上约莫有三千人,朝着两个相反的方向,像两条大河一般在缓缓移动,一条流向萨杜尔纳斯神庙,一条从那儿流出来。大议场周围的所有拱廊里挤满了贵族、骑士和平民,还有许多美貌的女人。

阿尔托利克斯挤进了人流,几步一停地向神庙走去。在他前面走着一个老头和两个年轻人。从老头俗丽的装束上可以看出他是一个下等戏子,而那两个小伙子的白色镶紫边的宽袍则说明他们是贵族。他们一边走一边议论着所看到的美貌的女人。

"我敢说,我从来没有见过像克洛狄雅这样美丽的女人了!"两个年轻贵族中的一个说。

"如果你见过爱芙姬琵达你就不会这么说了。"老戏子说。另一个年轻贵族一听见这名字便不由地哆嗦了一下,忙问:"啊,那个希腊美人,她现在在哪儿呢?"问这话的正是那个不知给爱芙姬琵达写过多少情诗的卢克列梯乌斯。

"她在角斗士的营垒里呐。"老戏子说。

"天哪,那么一个美貌绝伦的女人,干吗要到那种可怕的地方

去呢!"

"为了爱情。"老戏子感慨地说,"她疯狂地爱上了斯巴达克思。"

"不可思议!不可思议!"卢克列梯乌斯慨叹不已。

"美女爱英雄嘛!一点不奇怪。"另外那个年轻人说。

"说真的,我很想念她,也许,哪一天我会去找她。顺便探听一些角斗士的情报,秘密地报告给执政官,还有不少好处哩!"老戏子说。

两个贵族不由地纵声大笑。

"嗨,你们笑什么!告诉你们吧,当初角斗士造反的阴谋,就是我梅特罗比乌斯在圣林中发现,及时报告给执政官的!"老戏子卖弄地说。

"啊!"阿尔托利克斯吃了一惊,深深地瞥了老戏子一眼,在心里说:"老东西,我会记住你的!"

"瞧,卡提林纳在那儿呢。"卢克列梯乌斯突然叫道,"那可怕的人,他是整个罗马的灾星!"

阿尔托利克斯抬头一看,见卡提林纳站在神坛旁,全神贯注地欣赏着一群贞女。

"我敢说,这个人在恋爱的时候也是残忍的,瞧他看着女人的那副神气,真像是一头贪婪的猛兽!"另一个年轻人说。

阿尔托利克斯朝他们身边挤了过去,慢慢地挤到了卡提林纳的身边。见他还在对着那群贞女出神,便在他的耳边低声说:"光明和自由!"

卡提林纳猛地一惊,急忙转过头来,皱着眉,用他那灰色的眼睛瞪着耍把戏的艺人,故作不解地问:"你这是什么意思?"

"我从斯巴达克思那儿来。"阿尔托利克斯低声说,"我有重要的事情和你谈。"

卡提林纳又把耍把戏的注视了一会,答道:"很好……你紧跟着我……到一个荒僻的地方后再说。"

卡提林纳一面强横而粗鲁地用臂膀推开人群,一面用洪亮的喊声命令周围的人让开，朝庙门外走去。阿尔托利克斯紧随其后，就像缝在他身上一样。

半个多小时后他们才总算脱离了拥挤的人潮，这时，卡提林纳要耍把戏的离他远点。于是，阿尔托利克斯便远远地跟着他，朝牲畜市场走去。不久，他们来到了一座由罗马贵夫人修建的小小的贞节女神庙。这里地处偏僻，一个人也没有。阿尔托利克斯走近他，把斯巴达克思的建议详详细细地说给他听。卡提林纳认真地听着，神情十分激动。

待阿尔托利克斯说完后，他马上说："啊，说真的，小伙子，你可真打动了我的心。可是作为一个罗马贵族……是的，我知道，你们的军队非常的强大，可毕竟是造反的奴隶……当然，如果让我来统帅它，一定能干一番大事业……只是我得好好想想……我是想把元老院搞个天翻地覆，做梦都在想有一支军队，可他们从来不让我得到什么职位。咳，好吧，既然想造反，率领一支奴隶大军也不错……"

"快收起你那可耻的念头吧，别忘记你是个赫赫有名的罗马贵族！"突然从墙角后闪出一个人来，对卡提林纳大声地说，"想要权力，得用你那双贵族的手和自由人的手去夺取，决不能仰仗罪恶的起义奴隶和下贱的角斗士！"

"伦杜鲁斯·苏勒！"卡提林纳叫道，"你怎么在这儿？"

"我是跟着你来的。若要人不知，除非己莫为嘛！命运之神迟早会对你微笑的，千万不可鲁莽轻率，被斯巴达克思利用，因为你与他造反的目的完全不同！"

"可是，伦杜鲁斯，我不也正好利用他那强大的军队来实现我的目的吗？"

"不不不，斯巴达克思对所有的贵族来说都是非常危险、非常可怕的，他要的是一个没有贵族也没有奴隶的王国！而我们想要的不过是当权者手中的权力，那是我们贵族之间的战争，得靠我们自己来解决。他对我们唯一有用的是削弱那些当权者的力量，让他们去打吧，打个

两败俱伤,我们最明智的做法就是等待机会。"

"真是一条老狐狸!"阿尔托利克斯在心里狠狠地说。他不想就此罢手,想对卡提林纳再进行一番鼓动游说,可伦杜鲁斯却朝他做了一个命令式的手势,语气坚决地说:"走吧,回到斯巴达克思那儿去吧。告诉他,我们对你们的勇敢精神非常钦佩,可贵族是不可能和奴隶搅到一块的,就像猫和老鼠永远不会是一家人!"

伦杜鲁斯说完,抓住陷在沉思里的卡提林纳的胳膊,拉着他走了。

阿尔托利克斯不知所措地站在那儿,望着他们远去的背影,深深地叹了口气。他决定即刻离开罗马,回去向斯巴达克思复命。

他一路走一路沉思,伦杜鲁斯的话让他觉得非常不舒服,但有一点他是说对了,贵族和奴隶就像猫和老鼠一样,永远走不到一块!斯巴达克思想利用他们的目的显然是达不到的。他心事重重地走得很慢,当走到古老的摩吉奥门时,太阳已经落山了。他回头去唤他的小狗,忽然,他发觉自己被人跟踪了。于是,他快走几步,在城门外一棵大树后躲了起来。等跟踪他的那个人走过来时,他看清竟然是那个老戏子梅特罗比乌斯!

"这老混蛋,他跟着我干什么?难道他认出我是个角斗士了不成?"阿尔托利克斯暗想。

他猜对了,梅特罗比乌斯确实认出他来了。苏拉在世的时候,梅特罗比乌斯常到库玛去参加酒宴,对苏拉角斗学校的角斗士非常熟悉,尤其是对这个金黄头发的高卢小伙子印象深刻。尽管他装扮成了流浪艺人的样子,却蒙不过善于化装的老戏子的眼睛。

阿尔托利克斯继续向前走,希望老戏子的出现不过是偶然的事,如果他真的发现了什么,继续跟踪的话,那就想法把他甩掉。他走着走着,猛地一回头,那老戏子躲闪不及,便站住了,装出一副在张望什么人的样子。这下,阿尔托利克斯确定他是在跟踪自己了。于是,阿尔托利克斯加快脚步,头也不回地朝第伯尔河边走去。

暮色降临了,阿尔托利克斯拐过一个弯后,躲在河边的一棵老橡树后,从灰色短衣下拔出一把匕首,决定结果这老戏子的性命。一方面是为彻底摆脱他的跟踪,一方面为他曾经向执政官告密,使起义蒙受了重大的损失,向他清算总账。

梅特罗比乌斯急匆匆地赶上来,忽然不见阿尔托利克斯,便停下来四下张望,诧异地自问:"咦,他躲到哪儿去了?"

"我在这儿呢,最可爱的告密者!"阿尔托利克斯从藏身的地方猛地跳了出来。

梅特罗比乌斯朝后倒退了几步,用甜蜜的声音说:"啊,原来真的是你呀,英俊的高卢角斗士,在苏拉的库玛别墅里,你那与众不同的一头金色头发给我留下了想忘也忘不了的深刻印象,所以今天我一眼就认出你来了。我想请你去吃晚餐,让我们共饮醇香的法烈伦葡萄酒……"

"住嘴,你这饶舌的老狐狸!你是想请我上玛梅金纳斯牢狱中吃晚餐去吧。"阿尔托利克斯狠狠地说,"你想让他们把我钉上十字架,然后再把我的尸体抛到埃斯克维林的野地里去喂乌鸦!"阿尔托利克斯一面说一面向他逼近。

"啊,你……你怎么会这样想……我真的……真的是想请你……"梅特罗比乌斯浑身颤抖,结结巴巴地说着,一边不停地向后退,"请你喝最好的……最好的葡萄酒……"

"哼,可恶的酒鬼,让我来请你痛饮第伯尔河污浊的河水吧!"愤怒的角斗士把身上的小折梯、绳子和猴子统统扔开,握着匕首扑向老戏子。

"救命啊……救命!"梅特罗比乌斯大叫着转身就逃。

然而他已经没有机会了,阿尔托利克斯已经追上了他,用匕首狠狠地刺入他的胸膛。连刺两下后,年轻的角斗士满怀憎恶地把老戏子抛入了河中。

随着扑通的溅水声,滚滚翻腾的第伯尔河吞没了梅特罗比乌斯最后的哀叫。

浓重的夜色里,一个矫健的身影消失在沿河的大道上。

诺埃玛侬之死

被爱芙姬琵达饱灌迷魂汤的诺埃玛侬,最终叛离了斯巴达克思,致使两个日耳曼军团全军覆没,他也壮烈地死在了战场上。可悲的是,他在死前还在呼唤着爱芙姬琵达的名字!

在试图吸引有反叛情绪的贵族加入起义军的计划失败后,斯巴达克思决定在春天向阿尔卑斯山移动。他的深谋远虑使他清楚地懂得,继续在意大利境内对罗马进行战争,就现在的力量是难以取胜的。他决定在越过山后便把队伍分散,回到各自的故乡去发动更多的人起来反对罗马。

转眼就是春天,三月初,顶着料峭的春寒,斯巴达克思率大军从阿普里亚省出发,沿着海岸向沙姆尼省移动。经过十天的行军,大军进入了毕里格尼人地区。在这里斯巴达克思得到了消息,执政官伦杜鲁斯集结了一支三万兵士的军队,准备切断起义军到巴德斯河流域的道路。同时,另一个执政官海里乌斯率领了三个军团和许多辅助兵从拉丁省出发,准备从后方进攻他们,切断他们回阿普里亚省的退路,使他们逃脱不了毁灭的命运。看来,元老们已经把起义军当作一回事来对待了。几天后,他们各自率兵一个向拉丁省进军,另一个向乌姆勃里亚省前进。也许是渴望个人的荣誉,使他们产生了竞争的情绪,也许是缺乏正确的军事战略观念,总之,他们决定分头进攻。

斯巴达克思得知这个情报后,心里便有了主意,立即率军急速穿过沙姆尼省,决定首先对付从拉丁省来的海里乌斯。他希望在科尔菲尼和阿米台尔纳之间的大路上与敌相遇。但是,到了那儿以后,得知海里乌斯仍旧留在阿纳格尼没有动,在那儿等待他的骑兵,至少还得两周后才能出发。

斯巴达克思决定继续前进,希望碰上从乌姆勃里亚出来的伦杜鲁斯,先把他击溃,再回过头来对付海里乌斯。如果谁也碰不上,就一直向阿尔卑斯山挺进。在到达阿斯古尔时他又得到情报,伦杜鲁斯已经率军向卡梅陵进发。于是,斯巴达克思就在阿斯古尔选择了一个险要之地,建了一座坚固的营垒,等待伦杜鲁斯。

晚上,斯巴达克思久久不能入睡,并不是因为近在眼前的激战,而是因为诺埃玛依。近几个月来,诺埃玛依渐渐地变了。在决定向阿尔卑斯山转移的军事会议上,只有他一个人表示反对,还对斯巴达克思进行粗鲁的攻击,公然宣称不必再服从某个独裁者的权力。日耳曼人日渐激烈的言行使斯巴达克思十分不安,他总是避免和斯巴达克思见面,如果碰上了,不论问他什么,总是不肯开口做任何解释。

斯巴达克思对诺埃玛依有着极其深厚的友情,他的改变令斯巴达克思十分不解,他竭力想找到原因,可就是找不出来。他什么原因都想到了,就是没有想到爱芙姬琵达。爱芙姬琵达在把诺埃玛依变成一只驯服的羔羊后,就开始暗中捣鬼,慢慢地挑起他对斯巴达克思的不满情绪,让他处处与斯巴达克思作对。

斯巴达克思决定明天一定要和诺埃玛依好好地谈一谈。

第二天,斯巴达克思一大早便带着一队骑兵出去侦察地形,回来后,他正打算派人去找诺埃玛依时,他却自己来了。

"你好,角斗士的最高首领,我要跟你谈一谈。"诺埃玛依一见面就说。

"很好,我也正想跟你谈谈呢。"斯巴达克思高兴地说,朝传令官摆摆手让他离开,然后从凳子上站起来走到诺埃玛依身边,亲切地把他拉到自己身边坐下,友善而真诚地说:"我的好兄弟诺埃玛依,把你想说的话对我说出来吧。"

"我要……"日耳曼人显出轻蔑的态度和带点威胁的口气开了口,却不敢抬起眼睛来,"我已感到厌倦,厌恶继续做玩具……不愿意受你那任性念头的拨弄……我愿意战斗,却不愿意侍奉你……"

"啊!"斯巴达克思万分不解地望着日耳曼人,"你……你怎么会有这样的念头!我在什么时候使你和别的患难与共的战友成为我的玩具了?难道有什么重大事情不是我们一起商量决定的吗?难道我有什么不尊重你的地方吗?我想来想去也想不出是什么原因让你对我产生敌对的情绪。在我的心中,你永远是我最亲密的兄弟!"

斯巴达克思热烈而真诚的话语使诺埃玛依粗暴的挑衅情绪一下子缓和下来,被爱芙姬琵达的奸言恶语煽起来的无名怒火熄灭了,于是道出了心里的真实想法:"只是……你为什么坚持要让我们翻越阿尔卑斯山,回到故乡去,而不带领我们去打败罗马,完成我们起义的使命,实现我们伟大的理想呢?"

"哦,诺埃玛依,你得明白,如果我们继续在意大利境内作战,那么,罗马人就是站在地上的安泰,很难把他彻底打败。要想像赫克里斯最后打败安泰那样把巨人举起来在空中扼死,我们还没有那么粗壮有力的胳臂。要想征服罗马,只有一切被罗马压迫和奴役的民族一齐起来共同反抗,从各方面把这个吸血恶魔包围起来,一步一步向他进攻,才能彻底打败它。所以,我们要去发动色雷斯人、日耳曼人、沙姆尼特人等所有的民族,结成统一大联盟,共同向罗马宣战,来实现我们的理想。"

斯巴达克思热烈激昂地说着,两眼闪闪发光。诺埃玛依顿时被他的情绪感染了,被他的雄辩征服了,真诚而热烈地说:"啊,饶恕我吧,斯巴达克思,请饶恕我!是魔鬼蒙住了我的眼睛……"

"哦,诺埃玛依,诺埃玛依!我最亲爱的兄弟!"斯巴达克思高兴地叫着,伸出双臂拥抱住他。

两个朋友亲兄弟般紧紧拥抱了一番,感情热烈而又真诚。

诺埃玛依激动地要求说:"在这次战斗中,请你允许我和我的日耳

曼军团扼守最险要的阵地！"

"好样的！"斯巴达克思赞赏地说，"那么，就让你在最险要的阵地上作战吧！"

这时，阿尔托利克斯急匆匆地来了，带来了最新的军事情报。海里乌斯要等的骑兵已经提前到了，他们的军队已经开拔，正向着这边行进，大约五天之内就可到达这里。

"那么就请他来吧，我们已经准备好啦。"斯巴达克思信心百倍地说，"按既定的作战计划，明天晚上我们就向卡梅陵前进，在那儿好好打个胜仗。你以为怎么样，诺埃玛依？"

"一切按既定的进行！"诺埃玛依也信心百倍地说。

眼看已到晚餐时间，斯巴达克思愉快地邀请两个战友共进晚餐。他们亲切地谈着话，痛饮着略带涩味的葡萄酒。

快乐的时光总是溜得很快，当诺埃玛依走出斯巴达克思的营帐时，天早已黑了。日耳曼人喝酒总是没有节制，从他的步态上看，他又成了一个醉汉。他摇摇晃晃地回到自己的营帐时，爱芙姬琵达正怒容满面地等着他。

"嘿，这么说，斯巴达克思又像牵他的马一般，把你牵回他身边去了！"她非常轻蔑地对他说。

"闭嘴！"诺埃玛依狠狠地瞧了他一眼，"我和斯巴达克思从来就是最亲密的兄弟，没有人能够把我和他分开！"

"好吧，你这愚蠢的日耳曼人！继续去为他卖命吧，继续做他的玩具吧！我不知道为什么会爱上你！我真是个笨虫……"

"如果你真的爱我，就不要再对我说斯巴达克思的坏话。要知道，他是怎样一个具有伟大灵魂和超人智慧的无私无畏的人哪！他所具有的那些高贵品质，我可一样也没有啊！"

"哼，他真的有那些高贵的品质吗？要知道，我也曾被他的表面迷惑过，后来我才发现他原来是一个伪君子！他的每一句话、每一个行动都是虚伪的，他的心中只燃烧着一种感情——野心！现在，我已经

看清楚他的真面目了,可你这个比山羊还要蠢笨的傻蛋……"

"爱芙姬琵达!"诺埃玛依颤声地低吼。

"不,我要说,要说!你不仅比山羊还蠢,你还是一个瞎子,你什么也看不见;刚才你和他开怀痛饮的时候,就像一个可怜的奴隶拜倒在他的面前……"

"爱芙姬琵达!"日耳曼人痛苦地捺住性子重复叫道。

"你不用对着我吼叫,我轻视你!我不在乎你!也不再爱你!去吧,去做斯巴达克思的奴隶吧!做一个任由他摆弄的木偶玩具吧!"

"你快给我闭嘴!"诺埃玛依吼道,跳起来朝她挥着拳头,怒睁着一双醉眼。

"嘿,我的英雄,来吧!"爱芙姬琵达嘲讽地说,高傲地昂起了头,挑衅地望着他,"你就是这样对待唯一爱你的女人么?你就是这样来履行你爱的诺言么?只因为我一心一意地爱着你,一心只想着你的荣誉和威名!不愿意看着你受人摆布,一心只想着把你从别人的阴影下拉出来,结果就付出了如此高昂的代价!来吧,杀了我吧,杀了唯一爱你的人吧!"

"天啊,我这是在干什么哪!"诺埃玛依望着自己紧握的拳头,忽然对自己竟然把拳头这么粗暴地对着一个柔弱的女子而感到耻辱,而自己又是多么地爱着这个美丽的女人啊!一时间,他心里充满了无限的柔情蜜意,一头扑倒在爱芙姬琵达的脚下,热烈地哀求说:"原谅我,亲爱的……我不知道自己在做些什么……我是多么多么爱你啊!原谅我吧!原谅我吧!"

爱芙姬琵达心里在得意地冷笑,却哀哀地哭了起来,一副好伤心、好委屈的可怜样儿,说:"让我走吧,让我走吧!让我远远地离开你去度过我悲惨的残生吧!让我永远沉浸在被踏得粉碎的爱情的甜蜜回忆中吧!我会带着对你的爱离开这个世界的……"

"啊,不,不……我决不允许你离开……请千万别离开我……"日耳曼人一边说一边抱住了她的双脚,热烈地恳求着:"啊,我美丽的女神,原谅我吧……一定是魔鬼迷住了我的心窍……我真的不知道自己在干些什么……原谅我吧,我将永远做你忠实的奴仆……"

爱芙姬琵达一边在心里嘲笑着那愚蠢男人的可笑劲儿,一边愈发显出一副可怜可爱的委屈样儿,眼泪汪汪地说:"还是让我走吧,我爱你爱得心都碎了,可你一点都不爱我……"

"啊,我对朱庇特的雷火发誓!我爱你胜过自己的生命……"诺埃玛依说着,拔出了腰间的短剑,"如果你不相信我的爱,就让我在你的面前割断喉咙吧!"

爱芙姬琵达急忙抓住他握剑的手,做出一副又恐怖又心痛的样子,叫道:"天哪,别,别……你的生命对我太重要了,我亲爱的!"

"那么,我的女神,你原谅我了吗?"

"是的是的,你使我相信了你是爱我的……"

诺埃玛依一跃而起,一把将那希腊名妓抱入怀中,疯狂地吻着。

爱芙姬琵达挣脱了他的抱吻,娇滴滴地埋怨说:"既然你真心爱我,那你为什么要抛弃我的忠告,为什么又去相信你那背信弃义的朋友呢?"

诺埃玛依叹了一口气,什么也没有回答,开始在营帐中踱来踱去,一副心事重重的样子。

爱芙姬琵达偷偷地观察着他,在小木桌边坐下来,用右手托着头,左手玩弄着一个从她手上脱下来的白银手镯。

一时间,两个人都默不作声。过了一会,居心叵测的希腊名妓对那陷在一团混乱中的日耳曼人说:"亲爱的诺埃玛依,如果我告诉你,你早已被人出卖了,你会相信我吗?"

"可是,你根据什么这样认为呢?"

"唉,你这被人蒙在鼓里的瞎眼马喔!"爱芙姬琵达叹息说,"还记得芬提战役后,执政官来访问他时向他提出的建议吗?"

"是的,那是一种极大的诱惑,可是被他拒绝了。"

"可是你知道他拒绝那建议的真正原因吗?"

"难道还有别的原因吗?"日耳曼人吃惊地望着那莫测高深的美艳的女人。

"瞧,你就不知道了吧。一切并不如你们所相信的那样高尚无私,他完全是因为罗马人给予他的好处太少,嫌那副将和提督的职位还不够高。现在,罗马人又向他提出了新的建议,把给他的好处增加到了三倍……"

"啊!"日耳曼人吃惊不小,"真有这样的新建议?我怎么一点也不知道?"

"一切都在暗中进行,除了他,谁也不知道。"

"可你是怎么知道的呢?"

"俗语说,世上没有不透风的墙呀。你想想吧,卢提里乌斯神秘地死亡以后,斯巴达克思为什么不和任何人商量,暗自派阿尔托利克斯化装成流浪艺人,神神秘秘地前往罗马?你以为他真的是去和卡提林纳共谋起义大事么?那卡提林纳为什么不来呢?其实,阿尔托利克斯是去见执政官,商谈那三倍的好处和解散起义军的事情。因此,阿尔托利克斯回来后,斯巴达克思便不顾你的反对,坚决要越过阿尔卑斯山,让大家解散回到各自的故乡去……"

"不不不,那是为了发动更多的民族起来共同反抗罗马……"

"行了,你别被他的花言巧语迷惑了!"爱芙姬琵达打断诺埃玛依的解释,继续往下说,"你再好好想想吧,罗马现在正忙着远征西班牙的塞多留和亚细亚的米特里达梯斯王,这一难得的大好时机,我们这一支武器精良、训练有素的七万人的大军,不乘机进攻罗马,反而要解散回乡,这目的不是明摆着的吗?"

诺埃玛依停止了来回的踱步,呆呆地站住了。

"啊,我对天上所有的神起誓!"爱芙姬琵达朝他喊道,"你赶快从昏睡中醒来吧,你已经被彻底地出卖了,却还在执迷不悟!你再想想吧,斯巴达克思早就疯狂地和那个贵夫人范莱丽雅爱得死去活来,那贵夫人还为他生了一个宝贝女儿,为了和他那心爱的女人结婚,为了高官厚禄,他还有什么不能出卖的呢!?"

"天哪,我可真傻!简直就是一个大傻瓜!"诺埃玛依如梦方醒般地喃喃自语,他猛地一把抓住爱芙姬琵达,盯住她的眼睛,急切地问:"亲爱的,你说我该怎么办呢?"

"还犹豫什么,快带着你的日耳曼弟兄走啊!难道你想和他们一起等着被钉到十字架上去么?!"

"不!"气得发昏的日耳曼人怒狮般地吼道。他迅速地穿上铠甲,戴上头盔,配好短剑,拿起盾牌……

"你去叫你的日耳曼弟兄悄悄地拔营,也要让高卢军团不声不响地起来,明天,大家都会跟着你来的,高卢人、伊利里亚人和沙姆尼特人。跟着他的将只有色雷斯人和希腊人……"爱芙姬琵达边说边迅速地穿好了盔甲。

一小时后,诺埃玛依部下的一万名日耳曼兵士便整装待发了。当队伍出发时,诺埃玛依下令吹响了军号。军号唤醒了所有的兵士,大家都以为有了军情,纷纷从床上跳起来,匆匆披戴好钻出营帐。斯巴达克思最早奔出了营帐,问守卫的兵士发生了什么?

"好像是敌人迫近了。"兵士回答。

斯巴达克思急忙朝中心营垒奔去。

这时,诺埃玛依的军团正在穿过右营门,而其余的军团也已经整装完毕,正等待他的命令。于是,他命令所有军团原地待命,然后向右营门飞快赴去。

当斯巴达克思到达那里时,第二个日耳曼军团正在离开营垒。诺埃玛依骑着马站在营垒门外,等着最后一个兵士通过他的跟前。

这时,全副武装的克利克萨斯气喘吁吁地从后面赶了上来,从斯巴达克思身后几大步跨上前去,大声地向诺埃玛依发问:"诺埃玛依,发生了什么?你为什么惊动了全营人?"

"我们都被人卑鄙地出卖了!"诺埃玛依大声地回答,"如果你不想等着上十字架,我劝你也带上军团跟我走吧!一起向罗马进军!"

"啊!"克利克萨斯摸不着头脑地张大着嘴,半天回不过神来。

"诺埃玛依,你所说的出卖是什么?你指的是谁?"斯巴达克思问道。

"我说的就是你!"诺埃玛依毫不隐讳地回答说,"我要去跟罗马人作战,我要向罗马进军!我不愿意愚蠢地跟着你上阿尔卑斯山,中你的圈套,在狭窄的山谷中遭到你和罗马人的暗算!"

斯巴达克思十分震怒,但不相信他说的是真心话,便压抑着怒气,说:"诺埃玛依,你大概是在开玩笑吧?但这样的玩笑实在太恶毒了,赶快收起来吧!"

"不,我不是在开什么玩笑,我的神志也非常清醒。你这出卖起义的卑鄙小人!我再也不受你的蒙蔽了!再见吧!"诺埃玛依说完,也不听斯巴达克思的呼叫,策马飞奔而去。

这时,在右营门那边高卢军团的方向又响起了高亢的军号声。

斯巴达克思那被诺埃玛依气得惨白的脸忽地一下变得血红,惶惑地说:"天哪,难道第三军团也要走啦?!"

"天哪!"克利克萨斯也叫了一声。

"快,我们走!"斯巴达克思说,急忙朝第三军团赶过去。两人急匆匆地直奔右营门,忽然,三十个日耳曼骑兵弓箭手飞奔着去追赶他们的队伍,看到了迎面走来的斯巴达克思,一下子乱哄哄地叫道:"瞧,斯巴达克思来了!"

"杀死他,这出卖大家的叛徒!"

骑兵们都举起了他们的弓箭,朝着斯巴达克思和克利克萨斯射来。

他们急忙弓下身子,用盾牌遮住头部,同时,克利克萨斯拼命地用身子挡住了斯巴达克思。

那队骑兵射完箭后,又飞奔着追赶队伍去了。

"该死的逃兵!"克利克萨斯骂道。

来到第三军团驻地,只见阿尔托利克斯和鲍尔托利克斯正在那儿竭尽全力地阻止兵士们离开营垒。

克利克萨斯用洪亮的高卢话向他们大声地喊叫了一阵,很快使他们安静下来,默默地回营帐去了。

突然,克利克萨斯摇晃了一下,倒在了紧挨他站着的斯巴达克思身上。斯巴达克思忙扶住他,发现他的大腿上中了一箭,腰部也中了一箭。

"天啊,他是在遮挡我的时候中的箭!"斯巴达克思感动地说,忙让人把他抬进营帐去。

克利克萨斯由于流了很多血,一直昏迷不醒。外科医生安慰一直守在床边的斯巴达克思说,那两处箭伤并不危险,他很强壮,很快会醒来的。可斯巴达克思还是整夜守候在床边,一边等着战友的醒来,一边思考着夜间突发的事件。他对诺埃玛依的突变既愤怒又不解,很显然,有人对那头脑简单的莽汉施展了离间计……可是,那阴险的人是谁呢?斯巴达克思把所有可能的人都想了个遍,就是没有想到爱芙姬琵达。此时,他最担忧的是那一万日耳曼战士的安全。

下半夜,克利克萨斯醒了,他显得十分虚弱,但神智很清楚。他要斯巴达克思不要为他担心,必须赶快实施明天卡梅陵之战的军事计划。拂晓时分,斯巴达克思命令克利克萨斯好好养伤,并向医生仔细叮嘱了一番,然后下令大部队拔营,向卡梅陵出发。

执政官伦杜鲁斯是个大拉丁主义的妄自尊大的傲慢贵族,他坚信那装备精良的三万六千名兵士在他的卓越指挥下,定能很快把斯巴达克思打个落花流水。他并不想吸取前几位将军惨败的教训,他认为那都是他们指挥无能造成的。因此,他在阵地上对士兵进行了一通大言不惭的演说后,便迫不及待地与斯巴达克思交战了。

具有丰富指挥经验的斯巴达克思充分利用起义军数量上的优势,很快便把敌军从三面包围起来。战斗还不到三小时,罗马兵士便彻底地乱了阵脚。斯巴达克思力争速战速决,挥舞着短剑奋勇拼杀。他的英勇行动极大地激励了战士们的勇气,大家一鼓作气,猛烈地扑向开始退却的罗马人,很快便占领了他们的阵地,夺取了他们的辎重。

气急败坏的执政官伦杜鲁斯跟随着一部分残部向伊特鲁里亚省逃去。他怎么也没有料到会败得这么快、这么惨!然而,不管这一仗打得多么利索多么痛快,斯巴达克思的心情却一点也不轻松。他深深地忧虑着诺埃玛依那两个军团的安危,担心另一个执政官海里乌斯会去攻击他,利用优势兵力把他消灭掉。

卡梅陵战役的第二天,斯巴达克思立刻率部队向后转,朝阿斯古尔的方向出发。到达阿斯古尔后,他让战士们充分休息了半天,又继续向特莱布拉进发。黄昏时分,骑兵侦察队的指挥官玛米里乌斯向他报告,说诺埃玛依的军团在努尔西亚附近的山边扎了营。海里乌斯已经准备攻打和消灭他们。

到达特莱布拉后,斯巴达克思让部队稍事休息后,半夜里便从特莱布拉出发,从陡峭的阿平宁山的山岩中穿过,直趋努尔西亚。但是,就在斯巴达克思匆匆向努尔西亚进军时,执政官海里乌斯已经率领他的二万八千名兵士赶到了那里,拂晓时分便向诺埃玛依发起了猛攻。

日耳曼人轻率地迎接了这一实力悬殊的战斗。

日耳曼人十分英勇,最初的两个小时里,双方打得难解难分。但是,海里乌斯很快扩展了他的战线,包围了日耳曼军团。接着,他紧缩这一包围圈,命轻装步兵向角斗士的侧翼进攻,又命掷石部队从后方猛攻,日耳曼军团很快便陷入了重重夹击之中。战士们眼看无法脱离险境,便决定勇敢地战死。他们以前所未有的勇猛气概继续战斗了近两个小时,在使罗马人遭受惨重损失后,全部壮烈地牺牲了!诺埃玛依尽显日耳曼人非凡的英勇气概,亲手刺死了一个与他交手的统领、一个百夫长和无数的罗马士兵,最后,身负重伤的他站在死尸堆里,与数倍于他的敌人奋战,直至几把短剑同时从他的背部刺入。他发出一声狂野的呻吟,猛地倒在早已装死倒在地上的爱芙姬琵达的身边。

残酷的战斗以诺埃玛依之死结束了。这是一场少有的极其壮烈的牺牲,一万名日耳曼起义者没有一个试图逃命,全部战死!

诺埃玛依之死

但是，罗马人还来不及欢呼胜利，斯巴达克思的大军便向他们发起了猛烈的攻击。

海里乌斯竭力使他的军队再次迎接新的战斗。他迅速地井然有序地重新部署了兵力，亲自指挥着兵士们迎击对方猛烈的进攻。

新的战斗在原来战场的另一边进行，这边的战场上一派惨烈景象，横七竖八的死尸堆里，不时地发出受伤的和将死的人痛苦的呻吟和哀号。鲜血从诺埃玛依身上那无数道伤口里流出来，染红了他那巨人般的躯体，他的心脏还在继续跳动，死神正在竭力从他那异常强壮的身体里拿走那顽强的生命。在这临死的时刻，他不断地呼唤着他心爱女人的名字："爱芙姬琵达……爱芙姬琵达……"

这时候，希腊名妓已经从地上爬起来了，正从一个死去的传令官的衣服上撕下一块布来，扎住她受伤的左臂。由于海里乌斯的突然袭击，她来不及逃到罗马人的营垒中或者脱离战场，于是，她只好倒下来装死以保全性命。听到诺埃玛依临死时的呼唤，她苍白的脸上现出一丝奸恶而满足的笑容……

痛苦的违心抉择

由于目无军纪的几个指挥官的叛乱,斯巴达克思不得不放弃了正确的抉择,违心地率军去攻打罗马,从此步入绝境……

爱芙姬琵达远远地观望着那一边正在进行的战斗,她看到罗马人在起义军的猛烈攻击下已经混乱不堪,而人数众多且喷射着复仇怒火的起义军战士愈战愈勇。看来,胜败已见分晓。于是,她决定要为自己留一条退路。这时,她看见一匹白马在死尸堆里惊恐地乱窜,她一眼认出那正是她的马。于是,她朝它打了一个呼哨,那马便站住了。她又打了一个呼哨,那马便朝她走了过来。她牵住马,再一次向那边的战场望过去,只见罗马军正在混乱地四散溃逃,斯巴达克思的战士们发出一阵阵惊天动地的狂野的"巴尔拉拉"的喊叫,追杀着溃退的罗马人……

爱芙姬琵达那狠毒而阴沉的绿眼睛注视着战事的进行,罗马人的失败使她充满了狂怒和失望,她牵着马来到诺埃玛依的尸体旁,从地上拾起一把短剑,突然在白马胸前猛刺了两刀。白马发出一声凄厉的狂啸,用力向后直跳,竭力要逃开去,无奈被女主人紧紧拉住了缰绳,它又跳了几下,突然两腿一软,跪了下来。鲜血从两道伤口中不停地往外流,过了一会儿,它浑身一阵剧烈地颤抖,痉挛地倒了下去,终于死了。于是,爱芙姬琵达在死马旁躺下来,把她的脚插到马脖子下面去,让人看上去她是和马被攻打后一起倒下来的。战斗的喧闹声变得愈来愈大,有一些罗马人朝这边逃过来了……

突然,她觉得左臂一阵阵地发痛,这才发现左臂已经被鲜血浸透了。原来,刚才她只顾拼命地拉着马,把伤口给挣开了。由于流血过多,她的脸变得十分苍白,她觉得自己十分地虚弱,眼前一片模糊。她想高喊救命,可发出来的只是一阵轻微的呻吟。她挣扎着想爬起来,可朝后一仰,朝天倒了下去。

战斗随着受伤的执政官海里乌斯紧爬在马背上逃离战场而结束了。可是,面对着一万名壮烈牺牲的日耳曼战士的尸体,斯巴达克思和他的战士们却没有半点胜利的兴奋情绪。在一万名死者中,他们找到了五十七名还活着的人,统统都受了重伤,但最后只有九人活了下来,爱芙姬琵达就是其中一个。大家都认为她也曾英勇地战斗过,都很赞赏她的勇敢,称她是个女英雄。二十多天后,她的伤还没有痊愈,左臂还用绷带吊在胸前,在全体起义军的热烈掌声里,斯巴达克思给予了她极大的荣誉,亲手奖给她一个公民桂冠。当接受那宝贵奖品时,她脸色苍白,浑身战栗,大家都认为她过于激动了,而她那一刻的复杂心理只有她自己才明白。她当众要求让她担任克利克萨斯的传令官。斯巴达克思和克利克萨斯当即便同意了。

不久,斯巴达克思率领大军向阿平宁山进发,越过了阿平宁山,沿着毕采恩人的省份向赛诺人的省份前进,准备渡过巴德斯河进入高卢。经过两天的行军,他们来到了拉文那附近,在离城几里的地方建筑营垒,准备在这里建立三个新军团。在经过赛诺人地区时,有一万五千多名奴隶和角斗士投奔到起义队伍中。新军团建成后,在卡梅陵战役中表现英勇的角斗士康尼克斯、卡斯杜斯和伊杜梅乌斯分别担任了各军团的团长。

在拉文那附近休整了几天后,七万五千人的起义大军继续向着巴德斯河前进。

这时候,阿尔卑斯山南高卢总督凯乌斯·卡西乌斯获悉斯巴达克思在大胜两个执政官后,正率七万五千人的起义大军向着高卢进发。卡西乌斯立即率领他仅有的两万人马在帕拉森季亚附近渡过了巴德

斯河,企图阻止起义军继续前进。

斯巴达克思率军来到了鲍诺尼亚,按老习惯在城外建筑了营垒。他并不想攻打和进入这个城市,只想在这儿休整几天,等待他派出去的骑兵侦察员给他带回确切的情报。

每天清晨,斯巴达克思便训练刚建成的三个新军团。

在这闲散的日子里,爱芙姬琵达就到斯巴达克思的营帐里来看望他的妹妹密尔查,和她闲谈聊天。在倾心畅谈中,她们成了最亲密无间的朋友。

这天,从密尔查那儿聊天出来后,爱芙姬琵达来到了高卢军团的营地。这里正在进行着热火朝天的军事训练,口令声、脚步声和击剑声响成一片。爱芙姬琵达观看了一会后,便在营帐中闲逛。忽然,她被一座营帐内传出来的热烈的谈话吸引住了,便从一道缝隙里望进去。

第十军团的团长奥尔齐尔说:"不管怎么样,我和我的阿非利加人就是不愿渡过巴德斯河到高卢去!"

第十四军团的团长卡斯杜斯说:"诺埃玛依做得对,我们应当去攻打罗马,难道起义不是为了打垮罗马人吗?"

第十三军团的团长康尼克斯说:"是呀,或许他真的是把我们出卖给罗马元老院了!我听见诺埃玛依骂他是个叛徒来着……"

"嘿,嘿嘿,说斯巴达克思是个叛徒么?这可太过分了吧,我可不相信!"第七军团长菲萨朗尼乌斯打断康尼克斯的话。

"嘿,信不信由你,还有克利克萨斯和葛拉尼克斯,他们都想让我们远离罗马,不是叛徒是什么?"卡斯杜斯说。

"对,我们决不跟着叛徒去高卢,我们要上罗马去!"

"上罗马去!上罗马去!"

"不,不能去!"菲萨朗尼乌斯大声说,"我们应当相信斯巴达克思,他有高尚的灵魂,又是最优秀的指挥官,没有他是不可能打胜仗的!"

斯巴达克思

"对,不能去!我们要相信斯巴达克思!也要相信克利克萨斯他们,起义军没有他们是不行的!想想吧,如果真把我们出卖了,罗马人怎么还会派兵来打我们呢?"鲍尔托利克斯说。

"那谁知道呢!反正,我们就是不愿意回到故乡去,明天,我们就到罗马去!"康尼克斯坚决地说:"明天一大早我们就开到拉文那大道上,从那儿向罗马进军!"

"听我说,弟兄们,千万不可鲁莽行事,没有斯巴达克思的领导,是完不成起义大业的!"鲍尔托利克斯阻止说。

"你们那是去送死!第一个碰到你们的罗马将军就会把你们剁成肉酱!"菲萨朗尼乌斯说。

"我们拿起武器起义,为的是打倒罗马、争取自由,却不去攻打罗马,而且也没有了自由,他说到哪里,不愿意也得到哪里,这和奴隶有什么两样?"

"如果你们认为无秩序、无纪律就是自由的话,那你们就错了!看看罗马人的军队吧,斯巴达克思就是按照罗马军队严明的纪律来建立军队的,所以我们才能打胜仗!⋯⋯"

突然,一阵激越的军号声打断了几个军团长的争论。正偷听得激动万分的爱芙姬琵达哆嗦了一下,忙离开那里,朝自己的军团走去。

两个小时后,所有的军团都秩序井然地遵从严格的纪律整装待发。这时又响起一阵嘹亮的军号声,命令各军团的指挥官到首领那儿去。于是,所有的指挥官都骑着马赶到了将军法场。斯巴达克思向他们通报了军情:总督卡西乌斯已经领兵向他们赶来,将在黄昏到达摩季那。因此,起义军必须立即出发,趁罗马的后续部队尚未到达,于明天就攻打他,以防他妨碍起义大军渡河。

斯巴达克思通报完毕,却没有人响应他。康尼克斯踌躇了一会儿,终于打破了沉寂,低着头,用极其惶恐的声音说:"我们愿意出发与卡西乌斯交战,可是不愿意渡巴德斯河。"

"什么?"斯巴达克思惊讶地问道,仿佛不明白他说的话。他紧皱双眉,目光炯炯地注视着沙姆尼特人,重复问道:"你说什么?"

"他说我们不愿意跟你到巴德斯河北岸去。"一旁的奥尔齐尔大胆地望着斯巴达克思说。

"是的。"康尼克斯说,"我们七个军团都拒绝回到祖国去,坚决要求去攻打罗马!"

"啊,原来是这样!"斯巴达克思悲哀地长叹一声,"又发生了叛乱!你们……唉!难道诺埃玛依的悲惨结局对你们还不够吗?"

"我对所有的神灵起誓,你们不是疯子就是叛逆者!"斯巴达克思愤激地说,"现在大敌当前,你们必须服从命令,等打完了这一仗,举行一次会议,让大家来决定,究竟怎么样才对我们的起义大业最有利。但是现在,让我们出发吧!"

斯巴达克思用不容争辩的手势,命令指挥官们回去。当他们上马准备离开时,他又朝他们大声说:"你们必须注意,在行军和作战的时候,任何人不得有丝毫不服从命令的行为,否则,我对朱庇特起誓,将坚决按军法处置!"

指挥官们被斯巴达克思的威势慑服了,都默默地回到各自的军团中。

起义大军开始向摩季那出发,经过一夜的行军在拂晓前到达了目的地。

卡西乌斯已经在两座高高的丘岗中间建好了营垒,用坚固的防栅和深阔的外壕牢牢地围住了营垒。

将近正午的时候,斯巴达克思率领六个军团向总督发起了进攻。

卡西乌斯已在丘岗脚下布好了阵势,占领了有利的地形。可是,起义军数量上的优势和高昂的作战热情很快便压倒了对方。经过两个小时的激战,罗马兵们便明显地抵挡不住了。人数众多的起义军把他们团团围住,那些在马略和苏拉手下作过战的老兵们奋力拼杀,护卫着总督突出了重围,落荒而逃。

这一战,起义军损失不大,却一举歼灭了几乎一万名罗马兵。这是斯巴达克思一月来的第三次胜利。战后的第二天,在斯古尔顿纳河畔的平原上,斯巴达克思召开了全军大会。

会上,尽管斯巴达克思进行了热烈的演说,深入细致地分析了敌我形势,阐明了回故乡发动起义的深远意义,却有五万多奴隶和角斗士狂热地支持康尼克斯进军罗马的建议。这出乎意料的表决结果令斯巴达克思深感悲哀,这彻底地摧毁了他的远大计划和目标。他深深地明白,这不仅不能从根本上推翻罗马的暴虐统治,还会使起义军陷入危险之中。

斯巴达克思沉重而又抑郁地沉默了许久,最后,把他惨白的脸转向他身旁的克利克萨斯、葛拉尼克斯和阿尔托利克斯。他们沉郁的心情并不亚于他。"看来,只有如此了!"他对他们说。他们默默地点了点头。于是,他向等待着他最后表态的七万多战士默默地扫视了一遍,大声然而十分沉郁地说:"那么,你们就向罗马进军吧。只是你们得另外选出一个新的首领来,现在,我请求你们免除我最高首领的职位吧!"

"不!你将永远是我们的最高首领!"

"除了你,谁也领导不了我们!"

"斯巴达克思——最高首领!斯巴达克思——最高首领!"

全场战士群情激昂地高喊着。斯巴达克思站起身来,挥动着双臂,使大家安静下来。

"对于进军罗马,我没有胜利的把握,所以,我不能继续领导你们……"

"我们的大元帅斯巴达克思万岁!"

一阵惊天动地的喊声打断了斯巴达克思的话。接着,所有的军团长、统领和百夫长们都拥上前来,把他团团围住,一致要求他继续当他们的最高首领。最后,他们竟然把他高高地举了起来……

斯巴达克思被他们的爱戴和尊敬感动了,只好重新担起了重任。

斯巴达克思不得不着手执行他认为不可能实现的计划。

几天后,起义军开始向阿利明纳前进。然而,在行进途中,出现了越来越多的破坏纪律和不服从命令的行动。在经过赛诺人的地区时,有些军团不断地攻入城市,放肆地进行抢掠,使得居民们见到起义军就像见到强盗一般。而且,抢掠造成的停滞不前严重地影响了行军的速度。这纪律的败坏使斯巴达克思十分痛心,他恼怒地把率先抢劫的第十三军团的团长康尼克斯痛骂了一顿。这虽然使劫掠得到了遏制,但无法消除犯罪的根源。几天后,担任后卫的第五和第六军团又冲进了考尔涅里乌斯大议场,把它劫掠一空。斯巴达克思和克利克萨斯急忙率色雷斯军团赶回来制止,可是,阿非利加人组成的第十一军团又擅自离开营垒,冲入赛诺人的小城倍尔蒂诺尔进行抢劫。斯巴达克思不得不在抢掠的军团间来回奔命,惩办那些不守纪律的战士。

这时,起义军在连连获胜后正向罗马进军的消息传到了罗马,元老院和罗马居民顿时大起恐慌。尤其是关于抢劫的传闻,罗马人又害怕又憎恨。一时间,整个罗马城人心惶惶,笼罩在恐惧的阴云中。元老院每天都在开会,研究对策,尤其是急需一个强有力的军事统帅来率领一支强大的军队。有人推举了朱理乌斯·恺撒,可他拒绝了。最后,元老们决定由新选出的西西里总督克拉苏来担当重任。

玛尔古斯·里齐尼乌斯·克拉苏将近四十岁,曾经在苏拉的手下打过好几年仗,在那些战事中不仅表现了惊人的顽强和机智,而且显露出卓越的统帅才能。

克拉苏开始积极地扩军备战,贴出告示招募了大批马略和苏拉的老兵。他很快便拥有了一支八万四千人的极具战斗力的强大的军队。

而这时候的起义军却滞留在阿利明纳附近,正是那七个激烈要求进军罗马的军团,由于不服从命令和大肆抢劫妨碍了大军的移动。斯巴达克思既恼怒又失望,不愿意继续指挥军队,他不管别人怎么劝说,接连几天不出营帐一步。直到最后,那七个军团的指战人员在他的营帐前排列起来,忏悔他们所犯的罪过,请求他的饶恕。

于是,脸色苍白、身体消瘦的斯巴达克思走出了营帐。在他那神情严峻的脸上,留下了痛苦的痕迹,他的眼睛发红,眼皮肿胀,那是长久失眠的结果。他严厉地痛斥了那七个军团违法乱纪的行为,重申了严明的军纪。他把军团长中最蛮横最不服从命令的努米底亚人奥尔齐尔判处了死刑,当众命令努米底亚士兵把他们的指挥官钉上了十字架。接着,他又命令鞭打康尼克斯和阿尔维尼乌斯两个军团长,然后把他们逐出营垒。此后,他又把二十名在劫掠中犯下杀戮行为的士兵钉上了十字架。

在执行了严厉的刑罚以后,斯巴达克思解散了所有的军团,予以重编。他把不同民族的人混合起来编成新的军团,不再按民族来编。重新委任了严守纪律而又英勇善战的人当军团长。然后再把所有十四个军团分为三个军,第一军由六个军团组成,由克利克萨斯当司令;第二军由四个军团组成,由葛拉尼克斯当司令;第三军由四个军团组成,由阿尔托利克斯当司令。还有一支八千人的骑兵队,仍旧由玛米里乌斯当队长。完成军队的改编后,他又让三支大军各自整训。

几乎整整一个月,克拉苏在奥特利古尔,斯巴达克思在阿莱季亚,双方都按兵不动,都在做战前准备。两人都在考虑新的计划,等待战机。

终于,斯巴达克思开始行动了。在一个漆黑的暴风雨的夜晚,他命令部队拔营出发,在肃静中冒雨前进。他派出一千骑兵到前面侦察,留下七千骑兵在营垒中,让他们向附近的城镇征集七万大军的粮草和用品,使外部相信起义军仍旧驻扎在原地。

起义大军利用暴风雨连日连夜地行军,来到了伊古维亚,他想从那儿率军经过卡梅陵、阿斯古尔、苏里莫、富青湖、苏布拉克威,然后直捣罗马。他们不顾疲劳,沿着阿平宁山脉的东面行进,每天要走几乎三十里路。在穿过了毕赛纳省后,他们向罗马疾进。如果不是克拉苏的突然进攻使他发现了斯巴达克思的战略计划,起义大军就会出人意料地出现在空虚的罗马城边了。

就在起义军出发后的第四天,克拉苏决定向斯巴达克思的营垒发

起突然袭击,打他个措手不及。

玛米里乌斯得到罗马大军迫近的消息后迅速地撤离了营垒。当罗马军的探子到达时,营垒已空无一人。克拉苏得知消息后大吃一惊,立刻派出骑兵四下侦察斯巴达克思的踪迹。终于摸清了起义军的行踪,而且明白了斯巴达克思的意图,立刻沿着阿平宁山的西面赶回罗马。于是,两支军队一东一西平行前进。然而,克拉苏走的差不多是直线,他一天的行程差不多是斯巴达克思的三倍,取得了时间和空间上的优势。他们马不停蹄地急行了五天,终于到达了莱埃特,克拉苏让他的军队在这儿休息了一天。

这时候,斯巴达克思以极快的速度到达了富青湖附近的克里台尔纳。但是,由于滂沱大雨下了好几天,维林纳斯河泛滥了。为了建一座浮桥,他不得不停留了两天,又用去一天的时间,让所有军队到达对岸。

克拉苏得到斯巴达克思滞留在克里台尔纳的情报后,立即命令摩米乌斯率两个正规军团与六千名辅助兵,迅速出发到克里台尔纳去牵制斯巴达克思,叮嘱他千万不可与之交战,要不断地退却,直到罗马大军赶到。

摩米乌斯命令部队急行军,于第二天早晨就赶到了目的地。他遵从克拉苏的命令,在斯巴达克思的面前不断地退却。当退到苏布拉克威一个山谷里时,他在岩石嶙峋的山坡上占领了极其有利的阵地,准备敌人临近时再离开。可是他手下的两个统领来劝他,说不要再在敌人的面前退却了,因为在这狭窄的山谷中,斯巴达克思是无法利用数量上的优势的,他们完全可以打败他们。摩米乌斯被他们说服了,就在那险要的阵地上等待着斯巴达克思的到来。

第二天,激战开始了。斯巴达克思很快发觉在山谷中作战并不能发挥人数众多的优势,于是,他命令两个军团与敌人交战,命令全部轻装步兵与掷石兵爬到两边的山峰顶上,用巨大的石块从后面投掷敌人,用箭射击他们。

正当交战双方杀得难解难分的时候，罗马人惊恐地发现两边的山头上布满了敌人的轻装步兵和掷石兵，不等罗马人回过神来，石块弹丸如暴雨般落了下来，接着，起义军们从山顶上呐喊着冲了下来。罗马军一看到这情形立刻撒腿逃命，为了逃得快一点，他们把武器、盾牌及盔甲都丢弃了。然而，从山上冲下来的人已经堵住了他们的后路，与之交战的两个军团攻势猛烈，战斗顿时变成了惨不忍睹的杀戮。

这一仗，罗马人阵亡了七千多人。

火葬克利克萨斯

由于爱芙姬琵达的险恶阴谋,克利克萨斯和他的三万大军惨遭厄运。斯巴达克思痛失良友,化悲痛为力量,在战斗中擒获三百贵族俘虏,在火葬克利克萨斯时强迫他们角斗殉葬……

仗是打赢了,斯巴达克思却没有从中获得什么重大的利益。因为从情报获悉,克拉苏的主力已经在当天渡过了河。也就是说,克拉苏在后面盯着他。在这样的情况下向罗马进军是非常不利的。于是,他立刻在当天晚上离开苏布拉克威,渡过里利斯河上游,向康滂尼亚省进发。

克拉苏直到斯巴达克思离开苏布拉克威后才获悉他的副将惨败的消息。这位将军愤怒到了极点,不仅摩米乌斯的轻率举动令他不满,令他怒不可遏的是那些溃败的士兵竟然一直逃到了罗马城下,使居民们大起恐慌。他只得派出特使,去向罗马元老院报告苏布拉威之战的实情,并让元老院火速把逃兵们送回他的营垒。逃兵们回营后,克拉苏不顾统领们的恳求和劝阻,决定执行"什一格杀令"。这个祖先留下的酷刑,几乎有两个世纪不再采用了。尽管执行这一酷刑时,克拉苏止不住流下了泪水,可他没有停止执行。他不允许在他的军队里再出现逃兵。

斯巴达克思率军迅速越过康滂尼亚省和沙姆尼省,重新来到阿普里亚省。他希望把紧追不舍的那位将军引到远离罗马的地方,因为罗马随时都有可能给他增派援兵。他打算与他大战一场,彻底击溃他所有的军团,然后再向第伯尔河进军。

斯巴达克思的行动非常迅速,但克拉苏的军队也不慢,因为在"什一格杀令"执行以后,他的士兵们十分地吃苦耐劳,严守纪律,而且渴望着新的战斗。

十五天后,克拉苏在达乌尼亚追上了斯巴达克思,他们已经在西滂特附近扎了营。克拉苏想把他们压缩到海边去,因此他在阿尔比和西滂特之间选择了一块营地,等待时机向斯巴达克思发起进攻。

两军对垒的第三天夜里,一个传令官把克拉苏叫醒了,说那边来了一个使者,要和将军商谈一件极其机密的要事。克拉苏一听便跳起来了,命令传令官快把那使者带进来。

那个神秘的使者并不高大,披着一副漂亮的铠甲,戴着一顶放下了护眼甲的头盔,他一看到将军,立刻便拉起了护眼甲。于是,克拉苏看到了一张雪白的女人的脸。这不是别人,正是爱芙姬琵达,她偷偷地来见将军,准备出卖她的战友。

"你不认得我了吗?我亲爱的将军!"爱芙姬琵达问道。

"天哪,这张脸我好像很熟……可是……"将军竭力地回忆着,"你这脸很像……像……像一个女人,难道……咳,这怎么可能呢!"

"不是像,而就是,我就是你熟悉的那个女人!"

"啊,爱芙姬琵达!真的是你吗?"克拉苏惊叫道,"你怎么在这里?你从哪里来?你怎么穿着这样的铠甲?你想干什么?"

克拉苏说着,突然向后退去,把两手交义在胸前,疑惑地审视着她,他那对灰黄色的眼睛锐利地闪闪发光,充满着戒备,对她说:"如果你想来对我撒网,那我警告你,你别白费工夫,我可不是你那众多的猎获物中的一个!"

"可你是个大傻瓜!"希腊名妓大胆地嘲笑说,"你是最富有的罗马人,却不是最聪明的罗马人。"

"半夜三更你来干什么……你有什么企图……快说!"

爱芙姬琵达沉默地望了他一会,叹息说:"唉,我怎么也没有想到你会这样款待我！因为我是一个对你极其有用的人，你这样的态度，让我怎么为你服务呢？"

"你究竟说不说，你为什么到这儿来？"克拉苏不耐烦地说，仍旧用不信任的目光注视着她。

"唉，看来，我得对你从头说起哩。"爱芙姬琵达对他的不信任大为恼火，只好把自己在斯巴达克思军中所做的一切，从头到尾，详详细细地说给他听。

克拉苏一面注意地倾听着，一面用探视的目光盯着她。等她说完了，他极其冷静地、慢吞吞地说："但也许，你所说的全是谎话，是一个陷阱。你想把我拖到斯巴达克思张好的罗网中，那么我告诉你，我可不是一个头脑简单的人，我是不会轻易上当的！"

"如果你是这样认为的话，就这样认为好了！"爱芙姬琵达生气地说，"那么，我也就没有必要向你再说什么了！"

"难道，你还有什么要说的吗？"

"是的，我有很重要的情报。可你这样不信任我，说了你也不会相信的。"爱芙姬琵达说着便要告辞，向他投去一个嘲讽的微笑，"那么，再见吧，我的将军！"

克拉苏忙说："也许，你说的都是真的，我应当相信你……只是军情太复杂，而斯巴达克思又诡计多端……"

"是的，他确实有一个大大的诡计……"爱芙姬琵达不再往下说了。

"哦，美丽的爱芙姬琵达，你瞧……我想……你说的也许都是真的……那么，你就说说那个大大的诡计吧。"克拉苏说着，忙给她端过一把椅子，十分殷勤地笑着，"请，请坐吧。"

爱芙姬琵达沉默地看了他一会，冷冷地笑了笑，说："哼，如果我不是为了复仇，真懒得和你打交道！那么，你听好啦，明天会有一个很大的谣言传过来，葛拉尼克斯和阿尔托利克斯的两个军，有八个军团和一个八千人的骑兵队，在斯巴达克思的率领下，离开了西滂特向巴尔莱特前进,仿佛企图进入毕采恩人的地区,而克利克萨斯和他的那一个军团却留在西滂特,一共有三万人。克利克萨斯将散布谣言,说他与斯巴达克思之间产生了互相对立的意见,因此分裂了。当你知道斯巴达克思已经走了,必然会去攻打克利克萨斯,那时,斯巴达克思的大队人马会埋伏在西滂特通巴尔莱特大路旁的森林里。当你和克利克萨斯交战时,他就从后方来攻打你。后果嘛,你自己去想吧!"

"啊!啊!"克拉苏倒吸了一口冷气,"多么可怕的一个诡计啊!"

"怎么样,你信还是不信呢?"希腊名妓问道,嘴角挂着嘲弄的微笑。

克拉苏忖着说:"当然是宁可信其有,不可信其无喽!"

"如果你相信我的话,我将向你提供一个对付这个诡计的诡计。"

"快说来听听。"

"后天拂晓前,你就离开这儿向西滂特出发,当你到达那儿时,斯巴达克思可能已经离开十五至二十来里了。他将等待我去报告关于你的军队行动的情报,那时我将告诉他,你并不想拔营出发。接着,我就回到克利克萨斯那儿,说斯巴达克思命令他出发上迦尔岗山,如果碰到罗马人攻打时,必须坚守自己的阵地。只要克利克萨斯一到迦尔岗山,你就突然向他进攻,到了那时候,斯巴达克思想要增援也来不及了。"

这是一个由巧妙的军事艺术和老练的谋略交构而成的完善的作战计划!克拉苏听后深感震动,不由对眼前的女人注视了许久,由衷地叹道:"天哪,你真是一个可怕的女人!"

"这都是男人把我造成的!"爱芙姬琵达冷冷地说,两只美丽的绿莹莹的眼睛里燃烧着邪恶的火焰,"怎么样,你想不想照我说的做?"

克拉苏默默不语地仍然盯着她看。

"咳,你别那样盯着我行不行!"爱芙姬琵达朝他吼道。

"明天晚上,请你再到这儿来,我们好好再商议一下吧。"克拉苏冷静地说。

"也好,明天,你会听到传过来的谣言的,你可以把我的情报好好地核实一番再做决定吧,你这老狐狸!"

第二天,克拉苏派出的探子果然带回了爱芙姬琵达所说的谣言。克拉苏反反复复地把希腊妓女琢磨了个透,确定她所说的一切是可信的。

夜里,爱芙姬琵达如约来到。

克拉苏热情地接待了她。

"如果一切照你所计划的实现了,我要向元老院报告你的功绩,让元老院赐给你最高的奖赏。"克拉苏对她说。

"谁要你们的奖赏!"爱芙姬琵达阴郁而轻蔑地说,"我这样做并不是为了罗马人,也不是为了你,而是为了我自己!我渴望看到斯巴达克思的泪水和鲜血!我要在堆满角斗士尸体的战场上,踏在斯巴达克思的胸膛上,倾听他临死时痛苦的喘息……"

希腊妓女激动地说着,惨白的脸上泛起一层红晕,她的眼睛好像发热病一般闪烁着,两片红唇颤抖不停,整张脸都扭歪了,神情十分地可怕。

克拉苏望着她,浑身不由地一阵战栗,低声唏嘘道:"好可怕的女人呵!"

月色朦胧,夜风轻拂,除了一两声夜鸟的啼鸣,营垒里静悄悄的。

一个娇小的身影匆匆地无声无息地离开了罗马人的营垒。

第二天拂晓,克拉苏下令拔营。他派出了五千名骑兵在大军前三里左右小心地前进,仔细侦察敌情,如遇出人意料的危险便立刻发出警报。

日出时分,克拉苏的大部队向西滂特出发了。他让军队慢慢前行,尽管他对那希腊妓女已经深信不疑,但还是保留着一份谨慎。

这时候,斯巴达克思也已经拔营出发,他率领着八个军团和一队骑兵,向着巴尔莱特的方向前进。克利克萨斯和他的六个军团却留在了西滂特,依计等待着克拉苏前来进攻。

傍晚时分,克拉苏的军队来到了迦尔岗山一个林木茂密的峡谷中,悄悄地设下了埋伏。

克利克萨斯发觉克拉苏向西滂特出发后,立刻派爱芙姬琵达去报告斯巴达克思,说敌人正朝西滂特开来,要斯巴达克思赶回西滂特来。

爱芙姬琵达骑上马,飞快地朝巴尔莱特驰去。

斯巴达克思和他的大队人马正隐蔽在直通巴尔莱特的大路两旁的树林里。一见爱芙姬琵达,斯巴达克思忙问:"怎么样,克拉苏向西滂特出发了吗?"

"没有,克利克萨斯要我向你报告,克拉苏并不打算攻打他。"

"看来,克拉苏这家伙要比我们想象的狡猾得多!"斯巴达克思沉思着说。

他仔细地考虑了一会,对爱芙姬琵达说:"你回到克利克萨斯那儿去,告诉他,不论发生什么,没有我的命令,千万不要离开营垒,只要克拉苏一向他进攻,我马上就会赶去增援。"

望着爱芙姬琵达飞奔而去的背影,斯巴达克思不由说道:"奇怪,克拉苏居然不利用这大好时机去攻打克利克萨斯?"他沉思着,"难道哪儿出了破绽?还是走漏了风声?"他继续沉思着,"喔,沉住气,一切都设置得天衣无缝,不怕他不上当!只是那老狐狸太谨慎的缘故罢。"

爱芙姬琵达飞奔回营,对克利克萨斯说:"斯巴达克思命令你,立刻出发到迦尔岗山去,竭力占领一处形势险要的阵地。"

克利克萨斯得到命令后,立刻下令拔营,在天亮前向着迦尔岗山进发了。

太阳渐渐地升到了半空,照耀着巍峨秀丽的迦尔岗群山,也照耀着山麓下克利克萨斯的三万名兵士。在他们的眼前,广阔的亚得里亚海在阳光下格外地清澈明净,沿岸渔民的渔船正在扬帆出海。

克利克萨斯和他的军队来到迦尔岗山伸向海滨的最后一道山坡,选择了一处便于防守的阵地。他刚刚下令筑营的时候,突然发现了罗马人的军队。

克利克萨斯面对突如其来的攻击并没有惊惶失措,他充分显出了一个英勇统帅应有的镇静和坚强,立刻把他的六个军团按照高低不平的地势列下了战阵。他尽可能地拉长了战线,让右翼伸展到准备扎营的丘岗边,同时把第五、第六军团留在那儿作为后备军。他又让左翼伸展到一座不可攀缘的悬崖附近,海水正在崖脚下澎湃地拍打着崖壁。

很快地,六个罗马军团以密集队形向他们冲了过来,一场激战开始了。交战者的狂暴呐喊,短剑与盾牌的铿锵碰击,震破了美丽海岸永恒的静寂。

由于罗马人用密集队形进攻,克利克萨斯右翼没有遭到攻击,第四军团的三千多名士兵成了旁观者。指挥官奥纳齐乌斯一看到这种情形,立刻命令队伍向右转,率领他们向罗马人的右翼进攻。不久,罗马人最右面的军团在正面与侧面的夹攻下,很快便溃散了。罗马军的右翼司令官斯克罗发副将立刻命令骑兵指挥官昆杜斯率骑兵攻打角斗士的左翼。由于奥纳齐乌斯的急躁行动,他的军团一时间暴露在罗马人面前无人防守了。于是,克利克萨斯的第三和第四军团的后方便遭到了罗马骑兵的攻击,队伍即刻混乱了,遭到了可怕的屠杀!

这时候,克拉苏又派出了两个军团和六千名掷石兵,命令他们包抄克利克萨斯的右翼。克利克萨斯立刻命令右翼在地形许可的范围内向后伸展,形成一道新的防线,这样,他们的战线就形成了三角形的两条边,三角形的底边是海岸,它的顶点就是那座丘岗。

克拉苏眼看那包抄的计划没有成功,便决定加倍利用奥纳齐乌斯的错误,他不仅派出了其余的骑兵,而且把两个后备军团也投入了这一缺口,命令他们从后方猛攻。

尽管三万起义军非常英勇顽强,但在八万多罗马大军的攻击下,终于寡不敌众,在短短三个小时里便全军覆没了。他们每一个人都战斗到了最后一刻,丝毫没有顾及自己的生命,只是怀着绝望的英勇心情,在战场上光荣地战斗牺牲。

克利克萨斯到了最后一刻,还在希望着斯巴达克思的援军到来。当他看到大部分的战士已经牺牲,他就勒住了战马,对那大屠杀的惨景投去难以形容的、痛苦的一瞥,热泪从他的两颊汹涌地流了下来,他用泪眼朝着斯巴达克思可能到来的方向最后瞭望了一下,握住了那把染满罗马人鲜血的长刀,策马向着整整一中队围住几个角斗士的罗马兵冲去,挥舞着长刀洪亮地吼道:"喂,以多胜少,你们算什么英雄好汉!站好了,我来和你们拼一拼!"

他边吼边勇猛地冲入敌人群中,挥舞着长刀左砍右杀,不少罗马人在他的刀下纷纷倒地。然而,五支利箭几乎同时射入了他的胸膛。就在倒地的那一刹那,他用力嘶哑地喊道:"斯——巴——达——克——思!"

战斗惨烈地结束了。

在克利克萨斯的尸体旁,围着一群罗马人。一个老兵肃然起敬地说:"我对灶神和宅神起誓,我在苏拉麾下身经百战,从来没有看到过这样勇猛无畏的人!"

另外几个老兵也发出了一阵赞叹声。

一个年轻士兵指着躺在克利克萨斯周围的一堆罗马人,悲愤地说:"难道你们没有看见,他杀死了我们多少人啊!我对战神马尔斯起誓,但愿地狱吞灭他的灵魂!"

由于等不到爱芙姬琵达,斯巴达克思急忙派出骑兵侦察队前去侦察。当他们赶回来向他报告时,迦尔岗激战已经开始了。斯巴达克思心急如焚地率兵赶到迦尔岗战场时,一切都结束了。

他眼前的一幕比努尔西亚那一幕还要惨烈!三万士兵和克利克萨斯的惨死令他悲痛欲绝,一向以男儿流血不流泪为口头语的他,在克利克萨斯的遗体旁热泪长流……这沉痛的一击几乎击垮了他,是强烈的复仇的欲望代替了悲痛,他以克利克萨斯和三万战士的英魂起誓,一定要向克拉苏讨还血债!

在掩埋遗体的时候,发现了八个一息尚存的身受重伤的角斗士。

斯巴达克思认出其中一个是克利克萨斯的传令官,忙急切地向他询问:"看在复仇之神朱庇特的份上,快告诉我,你们为什么来到迦尔岗山?",

"不是你命令我们来的吗?"

"我?"斯巴达克思惊愕得呆住了,"是谁传的命令?"

"爱芙姬琵达。"

"她!她在哪?快带她来见我!还是已经战死了?"

"她不是给你报信去了么?"受伤的传令官说。

"什么时候?"

"我们出发的时候。"

"天哪!"斯巴达克思几乎是呻吟着自语:"为什么?为什么?她为什么?"

"噢,对了,她说,如果万一她出了意外,要我把一封信交给你……"

"信?在哪儿?快把它给我!"

传令官从胸前掏出一张叠得像只鸟儿的羊皮纸来。

斯巴达克思忙把它展开来,只见上面写着一行大字:"为你的朋友收尸吧!"

斯巴达克思顿时气得脸都绿了,不由地攥紧了双拳,同时把牙咬得咯咯直响。

"天哪,这恶毒的女人!"站在他身边的阿尔托利克斯狠狠地骂道。

这时,葛拉尼克斯也来到了斯巴达克思的身旁,带来了一个令人痛上加痛的消息,有八百个落入敌手的战士被克拉苏吊死在路边的树林里。

悲痛不已的斯巴达克思久久地在克利克萨斯的遗体旁徘徊。最后,他抱起了克利克萨斯,一直走到海滩上,不要别人的帮助,为他脱去破碎的铠甲,把他在海水里洗得干干净净,然后脱下自己身上的黑色宽袍,把他裹好,再捆扎起来,驮在马背上,带着他一同率军向阿尔比和海尔顿尼亚进发。

到了海尔顿尼亚,斯巴达克思毫不停留地率军继续行进,到达维纳西亚时扎下了营垒,让人困马乏的队伍休整了两天。

克拉苏在给元老院的信中大大地夸张了他的胜利,并要求征集补充阵亡的一万名兵士,然后沿着斯巴达克思的路线一路追来。当他得知起义军在维纳西亚扎营时,便在鲁比设立了他的司令部,准备和他的副将分兵两路包抄维纳西亚,一举消灭斯巴达克思。

在维纳西亚休息的这两天中,斯巴达克思派出的骑兵侦察员给他带回了克拉苏的确切情报。于是,他在夜里率军悄无声息地离开了维纳西亚,整天整夜地向东行进,突然地出现在了鲁比城外。稍事休息后,起义军突然猛烈地向克拉苏发起了攻击。克拉苏毫无防备,他以为斯巴达克思还在维纳西亚呢!在突然遭到的猛烈的攻击下,罗马军很快便乱纷纷地向安德利亚退却了。在这次成功的突袭中,起义军消灭了罗马军六千多人,俘获三千多人。

斯巴达克思下令将两千六百多名俘虏吊死在大路两旁,留下了四百名贵族士兵;释放了其中的一个,让他去转告克拉苏,说他已经仿照罗马军的方法处置了两千六百多名俘虏,他愿意用四百个贵族中的一百个来交换希腊妓女爱芙姬琵达,而其余的将在火葬克利克萨斯的时候用来祭奠烈士的英魂。

几天后,斯巴达克思的军队来到了美塔旁特,再从那儿到了修利爱城,并一举占领了它,在那儿设下了巩固的防务,开始征集和训练新的奴隶军团。一星期中,他收受了一万六千多名投奔而来的奴隶和角斗士。他从八个军团的每一个军团中抽调两千老兵,与新兵编成了四个新军团。起义军的总数又上升到了五万六千名步兵,八千名骑兵。

这天清晨,阳光灿烂,修利爱城外宽阔美丽的山谷中,架起了一座高高的柴堆。斯巴达克思和全体战士在柴堆旁围成了一个大大的圆圈,他让人把克利克萨斯擦过香油和香料的遗体放到柴堆上。

三百个罗马贵族被带到了柴堆旁,他们已经被改换了装束,一半穿着色雷斯人的衣服,另一半穿着沙姆尼特人的衣服。他们全都低垂着头,绝望和恐惧使他们大都泪流满面。

斯巴达克思穿着他那大元帅的服装,站在克利克萨斯柴堆旁的一个高墩上。他脸色苍白,神情严峻而悲伤,目光灼灼逼人。

"喂,高贵的贵族们!"斯巴达克思辛辣地嘲讽说,"你们出身有名的罗马大族,你们的先辈用他们光辉的卑劣手段和崇高的无耻行为,使多少民族沦为奴隶和角斗士,用他们的生命和鲜血来进行野蛮残酷的娱乐!现在,就让你们尝尝角斗士的滋味吧,用你们那所谓高贵的鲜血,使这个正直、纯洁、勇敢而善良的真正高贵的青年那不朽的灵魂得到安息吧!"

斯巴达克思的话道出了六万多名奴隶和角斗士的心声,使他们那饱受侮辱和蹂躏的心灵大大地舒了一口气。他们狂烈地呼喊着,眼睛闪闪发光,喜悦之情难以言表。

三百个罗马贵族默默地垂着头立在那儿,又羞愧又恐惧,有的禁不住呜咽起来。

"听着,当我点燃柴堆,你们就得给我角斗!"斯巴达克思毫不怜惜地命令说。

当火葬的柴堆熊熊燃烧起来后,那些罗马贵族们还是立着不动,于是,斯巴达克思便让充任打手的角斗士去强迫他们角斗。三百名拿着长枪和梭镖的角斗士走了出来,开始用梭镖和长枪去刺他们,把他们赶到一起去。

按理说,以牙还牙,以血还血,以残酷对残酷,这是天经地义的事情,不会有半点心灵的不安。可是,在最后的一刹那,斯巴达克思的心灵颤抖了,不由地自问:"他们不是人,难道我们也不是人吗?!"

他猛地一下从座椅上跳起来,大声叫道:"等一等!"

顿时,驱赶贵族们的角斗士愣住了,六万四千个渴望复仇的战士们愣住了,三百个绝望而恐惧的贵族青年愣住了……

斯巴达克思

几万双眼睛齐刷刷地望着斯巴达克思。

"你们滚吧！滚到你们贵族老子那儿去，告诉他们，我们的灵魂比他们要高贵得多！因为我们是人，不是畜生！"斯巴达克思无比高傲地冲那三百名贵族子弟吼道，他那无比洪亮的声音在山谷中嗡嗡作响！

自饮其箭的希腊名妓

使斯巴达克思痛失良友还嫌不够,爱芙姬琶达还想使他失去心爱的妹妹。她在密尔查将去祭祀的小神庙的路上埋伏了弓箭手,没想到饮箭身亡的却是她自己……

火葬克利克萨斯后,斯巴达克思把营垒转移到了鲁康尼亚省葛鲁门特城近郊。大批奴隶不断地投奔到军中来,使起义军的人数增到了七万二千人。

这天一大早,斯巴达克思带了两千名骑兵,亲自出去侦察敌情。据说,克拉苏率领七万罗马大军从符尔杜尔山那边过来了。

密尔查每天早晨都到哥哥的营帐来为他收拾整理,使营帐又干净又整洁。她收拾完正要出去,阿尔托利克斯来了。

"密尔查,我们彼此相爱快两年了,可你为什么就是不愿意嫁给我呢?"阿尔托利克斯万分苦恼地问密尔查,"我不明白究竟是什么阻碍着我们?你难道就不能告诉我吗?"

密尔查默默地望着这个纯朴真挚的高卢小伙子,心里涌起无限的爱意和痛苦,她多么想对他说一百个她愿意,可她不能。因为她实在没有勇气把自己当妓女的耻辱经历告诉他,她扑过去,热烈地吻他,满眼含着泪,心碎地说:"亲爱的,我爱你,难道这还不够吗……"

"不够,不够,我要你做我的妻子,做我的新娘……"

"我想,可我不能……"

"为什么?"

"因为我爱你!"密尔查痛苦而深切地说,从他怀里挣脱出来,头也不回地跑出了营帐。

"不懂,我真不懂!"阿尔托利克斯冲着她的背影叫道,他一抬头,看见了来找密尔查的沙姆尼特姑娘采杜里正呆呆地望着他,便对她说:"你懂吗,她爱我,却不肯嫁给我?"

采杜里深表同情地望着他,却不说话。因为她是一个被残暴的女主人割掉了舌头的女奴隶。

阿尔托利克斯颓丧地垂着头走了。

中午时分,出去侦察的斯巴达克思回来了。他们碰上了敌人的侦察队,互相打了起来。他们把敌人打得大败而逃,还俘获了七个人。从俘虏的口中,知道了克拉苏正率领七万大军向他们开来。

斯巴达克思立刻召集指挥官们开会,研究了对策,做好了战斗准备。

第二天中午时分,在葛鲁门特城郊外的旷野里,双方列好了作战的阵势。在双方的进军号声里,战斗开始了。克拉苏在执行了严酷的"什一格杀令"后,罗马军队打得十分英勇顽强,而起义军由于补充了大量的新兵,不但缺乏作战经验,而且没有经过充分的军事训练,打得十分被动。阿尔托利克斯指挥的左翼在他受伤后,一度发生了混乱和退却,斯巴达克思及时赶来才稳住了阵脚。

克拉苏亲自指挥他最心爱的六个军团全力猛攻起义军的中线,这六个军团完全由过去苏拉和马略部下的老兵组成。起义军的中线经不住那些老兵的猛烈攻击,慢慢开始退却了。

斯巴达克思正在左翼指挥作战,看到中线的溃退后,立刻赶到中线后备骑兵队那儿,纵身跃上他的战马,下令吹响进军号。他让骑兵队列成十二行,组成第二道防线。但是,这一措施已难以挽救中线和左翼的混乱和退却,只有葛拉尼克斯指挥的右翼还在稳扎稳打。

在斯巴达克思指挥的骑兵纵队的猛扑下,罗马军团被打乱了,被迫仓皇地后退。克拉苏让他们组成许多圆圈、正方形和三角形,以免被斯巴达克思的骑兵消灭。克拉苏想把骑兵拉上去，但眼看天色已经黑了下来，便不敢冒险下令。

天愈来愈黑，双方都吹起了收兵号。

在这次不分胜负的战斗中，罗马军损失了约五千人，起义军约七千，并有一千多名做了俘虏。

斯巴达克思回营后，在各部指挥官、统领和百夫长的协助下整顿军队，同时派人去照顾和医治受伤的阿尔托利克斯。一切就绪后已是深夜，他下令在营垒中照常燃起营火，然后率领军队悄悄地拔营出发，向着布鲁丁省的科森齐亚进发。

三天后，克拉苏的一个使者在潘多西亚赶上了斯巴达克思，说克拉苏拒绝用爱芙姬琵达交换那一百个贵族俘虏的建议，而愿意用他俘获的一千二百名起义军俘虏来交换。斯巴达克思接受了这个建议，约定三天后在罗斯齐昂进行交换。使者离开后，斯巴达克思命令玛米乌斯带一千二百名骑兵和战马，到罗斯齐昂去交换俘虏，而他和大部队继续快速向前推进。在前往台梅斯的半路上，他们碰到了一支五千人的武装队伍，领头的正是那个不守军纪的康尼克斯，他向斯巴达克思认错忏悔，希望斯巴达克思接纳他和五千名武装奴隶。

斯巴达克思十分高兴，像对待亲兄弟般地接收了他们，把五千人分别补充到十二个军团中，并把一个军团交给康尼克斯指挥。

在台梅斯，斯巴达克思得到情报，说克拉苏集结了十万罗马大军前来追剿。在人数悬殊的情况下，斯巴达克思决定进入台梅斯城固守。他下令把城墙周围的壕沟挖掘得又深又阔，同时禁止城中的居民出城。起义军日日夜夜地巡逻在城墙上，守卫着城门。

台梅斯城的当局和居民全吓坏了，他们担心克拉苏会长久地围困台梅斯城，使他们因缺粮而饿死。

斯巴达克思利用他们的恐惧心理，要他们搜集城中所有的渔船、划子以及各种小船，并让城中所有会造船的工匠为起义军建造船舶，使起义军乘船到西西里海岸去，这样就可以使台梅斯城免除围困和战争的威胁。

台梅斯城的当局和全体居民们对这一建议十分赞同,立刻着手去筹集和建造船只。

城外,克拉苏占领了一些重要阵地,并派人前往各地去寻求大批弩炮和破城锤等攻城用的器具。

在这双方积极备战期间,心怀险恶的爱芙姬琵达也不想闲着,她决定到城墙附近去看看,尽可能地接近起义军的前沿阵地,在丘岗上找到一条可以接近城墙的通路,让罗马军出其不意地冲到城里去。她让跟随她的两个奴隶为她配了一种褐色的油膏,几天来一直用它来擦脸、脖子和手,使自己看上去很像一个埃塞俄比亚的黑种女人。她换上了一套女奴隶的衣服,用一条宽阔的带子把她那头红头发束了起来,一眼看上去,她已经变得认不出来了。

这天,天还没亮,爱芙姬琵达便出了营垒,她的手中捧了一只双耳水瓮,看上去很像一个去取水的女奴隶。她向一座小山走去,台梅斯城的城墙一直蜿蜒到那座小山顶上。附近的农夫告诉她,泉水就在那座小山的山腰里。她在拂晓前的昏暗中小心谨慎地走着,到了那道泉水附近的时候,突然,她听到一阵隐隐约约的低语,她明白那道泉水已经被起义军看守起来了。

于是她悄悄地向左拐弯,沿着小山的山脚走去,去察看那儿的地势。大约走了半里路光景,她发觉那座小山突然向外伸展,与另一座比它更高的小山连接起来了。从那儿向她的左边望去,可以看到海。这个乔装的妓女停了下来,开始在渐明的晨曦中察看四周的形势。她发觉在前面一大片黑乎乎的树林中隐约矗立着一座建筑,于是便走过去察看,发现那是一座庙宇。她站在那儿考虑了一会,终于下定决心,快步向那儿走去。

这座庙宇不大,非常美丽优雅,是一座用大理石造成的多利安式建筑。她很快便揣度到这是奉祀赫克里斯的神庙。她发现这儿没有看守的起义军,他们的前哨阵地只伸展到离神庙不远的一个小庄院那儿。她决定到那庙里去看看。庙里空荡荡的,她绕着它走了一圈,正准备离开时,突然不知从哪儿走出来一个老头子。从他的装束来看,他大概是庙中的祭司。他扶住一根柱子站在那儿,沉思地望着她。

爱芙姬琵达转身回去,走到那老祭司身边,操着拙劣的拉丁话对他说,她是一个本地的女奴隶,想从那泉眼处汲一瓮水,她的主人因军队逼近逃了出去,躲在山洞里,那儿没有水。

老祭司听了,便陪着她向那泉水处走去,一路跟她谈着可悲的时局和战争所产生的种种恶果。爱芙姬琵达唯唯诺诺地直点头,装出一副天真纯朴的样子。老祭司诉说自从起义军封锁了台梅斯城后,已经有二十天没有人到这神庙里来祭神了,只有起义军营垒里的一位色雷斯姑娘来过两次,她非常诚心,非常虔敬,而且长得也很美貌。

爱芙姬琵达听了不由暗自惊喜,压抑着激动的情绪问道:"你是说,造反的营垒里有一个年轻的女人常到这儿来吗?"

"是的,她披着铠甲,佩着短剑,每一次都有一个像你这样的黑种女人陪着,不过是个哑巴,据说让主人把舌头给割了。"

老祭司带爱芙姬琵达在他所密知的一处泉眼汲了一瓮水,又指给她从神庙通向两座小山间的山谷的小路,说沿着那条路下山比较容易,上山时也不会被人发觉。爱芙姬琵达感激地说,明天她还会再来,一定替主人带祭祀的用品和供品来供奉赫克里斯神。

希腊妓女下山时高兴极了,一路盘算着明天来收买这个显然很是贪婪的老祭司。看来,在他的帮助下,会找到一条隐蔽的通向城墙的秘密通路的。还有,不能亲手杀死斯巴达克思,但有可能杀死他的妹妹,因为她经常到那小神庙里来。

晚上,爱芙姬琵达到将军帐去见克拉苏。她把自己的发现和计划向他报告,说需要一笔钱。克拉苏听了大为赞赏,允许她到管理财库的副将那儿去任意支取。于是,她立即到斯克罗发那儿支取了十泰伦脱的钱币。

第二天拂晓,仍然装扮成黑种女奴隶的爱芙姬琵达给老祭司送去了一只羔羊、两头小猪和四只白鸽。还对他说，明天还会代主人送来更丰富的祭品。

第三天，她果然给老祭司牵来了一头牛，牛背上驮着葡萄酒和谷物，使老祭司大喜过望。

"这不过是小意思，如果你能为我的主人服务，你会得到重赏的。"爱芙姬琵达对他说。

"啊，你的主人是……是……"老祭司惊愕地望着她。

"是罗马大军的统帅克拉苏。"

"那么，你……"

"实话实说吧，我不是什么黑种女奴，而是一个希腊人，乔装是由于军事机密的需要。"

"噢，天哪！"老祭司叫道，"可是，要我做些什么呢？"

爱芙姬琵达立刻面授机宜，要他等密尔查再到庙里来的时候，找个借口跟她一起到城墙边去，看看有没有路可以通到城墙上去。说完，爱芙姬琵达给了他十泰伦脱，说事成之后克拉苏还有重赏。

第二天，爱芙姬琵达又到庙里来的时候，老祭司已经不在庙里了。她一直等到黄昏时分，老祭司才回到了庙里。他告诉她，本来有一条秘密山路直通一道倒塌的城墙，可已经被斯巴达克思修复得又高又坚固，无法进入了。爱芙姬琵达听了不由得把斯巴达克思痛骂了一通。

"那么，那个色雷斯姑娘呢？她什么时候再到庙里来？"她问。

"后天是安提玛赫节，她说她后天带了祭品到这儿来，祈求赫克里斯神保佑起义的奴隶们和她的哥哥斯巴达克思。"

"啊，太好啦！"希腊妓女抬起两眼望着天空叫道，"赫克里斯神啊，你真是太公道啦！这将是一次真正的流血的复仇！"

"不，不！你不能在这里进行流血的复仇！"老祭司忙说。

爱芙姬琵达从头上取下她的银盔，盔顶上有一条纯金的小蛇，蛇的两只眼睛是两颗极其珍贵的红宝石。她把银盔递给老祭司，说："你先拿着，明天我再带十泰伦脱来，奉献给可敬的赫克里斯神，让他的祭

司,也就是你,能够帮助我复仇。"

老祭司贪婪的目光直盯着手里的银盔,盔顶上那金光闪闪的小蛇和那两颗珍贵的红宝石使他爱不释手。听说还有十泰伦脱的金钱,更是让他两眼放光,说:"好吧,我对普罗赛尔宾娜女神的令杖发誓,伟大的神的祭司,应当帮助神所庇护的人!"

"那么,明天晚上,当我带十泰伦脱来的时候,将带来两个武士,你把他们藏匿在庙里,后天,让他们活捉那个女强盗!"爱芙姬琵达说。

"不,不要在庙里,这并不是最好的地方。"老祭司说,"跟我来,我指给你看一处天然的藏身之地。"

爱芙姬琵达跟着老祭司走出庙去,老祭司指给她看路边的一大片密匝匝的冬青树丛。

"瞧,那树丛真是老天爷专为这事特设的屏障哩!"

爱芙姬琵达仔细地把那冬青树丛看了又看,深表满意。事情就这样定下了。

第二天晚上,爱芙姬琵达让克拉苏的两个号称"神箭手"的奴隶跟着她来到神庙,藏匿在路旁的冬青树丛里,要他们注意一个穿铠甲的女人,绝不能让她在他们那百发百中的神箭下逃命。

在离冬青树丛不远的小庄院里,设有斯巴达克思的哨兵。两个埋伏在冬青树丛中的奴隶,时时可以听到顺风刮过来的哨兵们的低语声和脚步声。

一个奴隶悄悄地对另一个说:"喂,我们要一箭射穿那女人的脖子,可不能让她喊叫,不然,那些哨兵会赶过来的。"

"我明白。"另一个奴隶低声回答。

爱芙姬琵达焦躁不安地期待着黎明的到来,终于,地中海的热风经过一夜的吹刮,渐渐地减弱了。她从冬青树丛中走出去,向远处眺望,遥远的阿平宁山那连绵的峰峦已经显出了轮廓,那预示着曙光即将降临。这时,随风传来哨所起义士兵的交谈,她忽然很想去听听他们在谈论什么,也许能从中获得一些情报。于是,她小心翼翼地向哨所走去。忽然,几个在附近巡逻的哨兵发现了她,喝道:"谁?口令!"

爱芙姬琵达立刻转身便跑。

听见脚步声,两个埋伏的奴隶忙拉紧了弓,曙光里,他们虽然看不清来人的面目,却能分辨出那是一个穿着铠甲的女人。于是,两只箭几乎同时朝她射了过去。

一声尖厉的惨叫撕破了黎明的寂静。

"准备武器!"哨所那边响起喊声和急促的脚步声。

两个完成了使命的奴隶立刻钻出冬青树丛,飞快地朝罗马营垒的方向跑去。紧跟着,一队起义士兵在后面追了过去。

一个十夫长和两个角斗士在中箭倒地的人身边站住,在渐亮的天色中,只见一支箭正中她的脖子,一支箭则射穿了她的前胸。从脖子流出来的血染红了她的半个身子,她的嘴痉挛地一张一合,似乎想要说什么,却什么也没能说出来,最后瞪着一双绿沉沉的眼睛咽了气。

"天哪,这是爱芙姬琵达!"十夫长认出了她,"这可耻的女奸细!她怎么给自己的人射死了呢?!"

五万对九万

在罗马几路大军的围剿下,斯巴达克思被迫与人数占绝对优势的克拉苏决一死战。这是一场惊心动魄的血战,也是一场悲壮的牺牲……

两天前的夜里,装载着葛拉尼克斯三个军团的船队,在夜幕的掩护下,悄悄地从台梅斯的海港里驶向了广阔的大海。这是斯巴达克思向西西里岛沿岸转移的第一批队伍。

然而,天不随人意。白天里劲吹的地中海热风,在夜里继续执拗地从阿非利加海岸那边吹来。不管那批航海者如何努力,还是搏不过那强劲的海风,他们无法把船驶向西西里岛沿岸,而是被风吹回了布鲁丁岛。角斗士们拼命地划桨,总算前进了好几里路。到了拂晓时分,海面上的波涛显得分外汹涌了,地中海的热风又极其狂暴地吹刮起来。起义军那脆弱不堪的船队随时面临着倾覆的危险,葛拉尼克斯不得不听从台梅斯的渔夫和水手们的忠告,下令把船队向岸边驶去。于是,一万五千名战士只好在尼科台拉附近荒凉的海滩上登陆。葛拉尼克斯决定把队伍开到附近的山里去,同时派了一个百夫长和八个战士乘了一艘快艇赶去向斯巴达克思报告。

斯巴达克思接到报告后,对眼前严峻的形势考虑了很久。最后毅然决定把全部军队先转移到葛拉尼克斯等人登陆的海滩,以此摆脱克拉苏十万大军的围困。于是,他命令回来报告的快艇立刻返回,让全部船只第二天务必赶回台梅斯港湾。整整一个星期,斯巴达克思都在悄悄转运军队。为了不让敌人发现踪迹，除了命令城内的居民不得走漏风声外，他每天晚上都要命令两个军团去偷袭敌人，吸引罗马人的注意力。直到斯巴达克思把全部队伍安全运出台梅斯城后，城里的居民这才把消息报告了克拉苏。

克拉苏恼怒极了，大骂台梅斯人，他没有想到他们竟会如此怯懦，使得斯巴达克思神不知鬼不觉地便脱离了他的掌握！这样一来，战争的难度便加大了，不得不重新考虑战略。糟糕的是他已对罗马元老院夸下海口，说将把斯巴达克思一举歼灭在台梅斯城，尽早结束战争。

气愤之余，克拉苏让台梅斯人缴出一大笔罚款，然后下令拔营向尼科台拉进发。

斯巴达克思到了尼科台拉以后，当天拂晓就率军出发了。经过一天一夜的行军后，他们来到了斯齐拉，在斯齐拉稍作休息后又向勒金出发了。在勒金附近占领了险要的阵地后，他命令战士们用整整三天三夜的工夫来挖掘外壕和树立防栅，在克拉苏到来之前，筑起了一座令敌人不可接近的坚固营垒。

克拉苏到来后，决定强迫斯巴达克思出来应战，否则就叫他绝粮饿死。为了达到这个目的，他决定修筑一道规模巨大的长垒。这长垒横越布鲁丁半岛，足足有三百斯太提乌司长，十五步宽，十五步深，又高大又坚固。

当克拉苏的十万大军建造宏大工事的时候，斯巴达克思把沿途投奔的奴隶和角斗士组成了两个新军团，加紧进行军事训练，他似乎并不在意那道可怕的长垒。

眼见罗马军浩大的工程就要完成，阿尔托利克斯沉不住气了，他问斯巴达克思说："告诉我，斯巴达克思，难道你没有看见罗马人已经把我们关进捕笼吗？"

"还记得当年在维苏威火山的时候吗？克洛提乌斯也以为把我们关进捕笼了。"

"但是再过十天我们就要绝粮了。"阿尔托利克斯忧虑重重地说。

"放心吧,我亲爱的兄弟,十天后我们就不在这捕笼里了。"斯巴达克思拍拍他的肩说,"你的忧虑是有道理的,但你放心,我已经有了一个对策,到时候让克拉苏在他的了不起的长垒旁做一个大傻瓜吧!"

"听你这么一说,我可一点也不担心了。"阿尔托利克斯说,一下子信心大增。

"不过,我们不可轻敌,克拉苏毕竟是一个十分老练的统帅。"

"只要有你在,他就征服不了我们。我们跟着你,一定会取得最后胜利的!"

"你相信我们能获得彻底的胜利吗?"斯巴达克思问,嘴角浮起一丝悲哀的苦笑。

"难道我们就不能最终战胜罗马吗?"

"是的。我们必须清楚地看到,罗马是强大的。要对付这样强大的敌人,仅靠我们这点力量是远远不够的,必须联合更多的受欺压的民族,唤醒意大利那一千多万系着铁链呻吟的奴隶。就目前来说,在意大利境内作战,想取得完全胜利是不现实的,我们只有尽力地去拼。如果我们能够打败克拉苏,一定要向意大利境外转移,去壮大我们的力量。如果这次我们失败了,那么,请相信,我们的鲜血是决不会白流的,我们的行动将给后代留下崇高的榜样。"

阿尔托利克斯听了,觉得心里沉甸甸的,但也亮堂多了。

这时,一个百夫长前来报告,说从罗马军里来了三千名由达尔马西亚人和伊里利亚人组成的掷石兵,坚决要求斯巴达克思把他们编入他们同族人的军团。

斯巴达克思出去见了他们,却没有接收他们,虽然他们的态度又诚恳又坚决,斯巴达克思还是识破了克拉苏的阴谋。

几天后的黄昏时分,斯巴达克思命令所有的十夫长和百夫长走遍所有的帐篷,让大家不听号声,立刻悄悄拔营。

在这之前,骑兵队早已奉了命令,到附近的树林中去砍伐树木了。天黑后,斯巴达克思命令在营中燃起营火,然后率军悄悄地来到克拉苏尚未完工的壕沟的前沿,下令把骑兵队驮运来的树木统统投到沟里,六千名战士把早已准备好的六千袋泥土投到树木上面,把一段很长的壕沟填没了。于是,起义军队伍无声无息地从上面迅速地溜了过去,马不停蹄地直向布鲁丁半岛东南岸城市考隆尼亚前进。

在大部队前进的时候,斯巴达克思率领骑兵队埋伏在罗马人营垒附近的树林里。第二天,当几个罗马军团从营垒中出来去附近的村子里征粮时,他们就突然地冲了出来,打了他们个莫名其妙,四千多名罗马兵稀里糊涂便丧了命。

罗马军不禁大吃一惊,被他们封锁在大海与长垒之间的敌人,竟一眨眼就出现在眼前!当罗马军赶去援助被袭的军团时,色雷斯人早已率领他的骑兵队向着考隆尼亚飞奔而去了。

克拉苏望着那工程浩大的长垒,气得仰天长叹。痛恨之余,不由在心里暗暗佩服斯巴达克思的军事才干。克拉苏久久地沉默着。他的指挥官们也统统沉默了。所有的人都显得阴沉而又抑郁,仿佛同时被某种不祥的念头攫住了。最后,克拉苏打破了沉默,说:"我们可以追逐他,却不能捉住他!他既多谋又神速。啊,我真担心他会率领七万大军在罗马城下突然出现!"

大家都有同感,认为克拉苏有必要写信报告元老院,除了这十万大军外,还必须把已经征服西班牙回到罗马的庞培的大军派来,也把刚回到罗马的卢古鲁斯的大军也派来,只有用罗马最英勇的统帅和最英勇的大军,从三面把斯巴达克思包围起来,才可能在几天内结束这可耻的战争。

虽然克拉苏不愿意发出这样的报告,但还是派了使者到罗马去。接着命令拔营出发,去追踪斯巴达克思。

斯巴达克思命令军队马不停蹄地向布鲁丁岛北部山区进发。

五天后,当到达诺伏埃斯特尔山附近时,康尼克斯那顽固的叛乱习气又发作了,说必须首先打垮克拉苏,然后进军罗马。他对斯巴达克思的命令毫不理睬,带着五个军团离开了营垒,在八九里远的地方另外扎了营。

斯巴达克思派了葛拉尼克斯和阿尔托利克斯去说服他,可他和卡斯杜斯什么也不听,说他们已经占领了有利的地形,等克拉苏一来就和他开战。

斯巴达克思对那几个军团的荒谬行动深感悲痛,却又不能任由他们遭受不幸,因此,他只好留下不走,希望他们能尽快醒悟过来。但是,他也因此把好不容易赢得的时间优势统统丧失了。

克拉苏一到,马上便去攻打那支脱离了斯巴达克思的军队。如果不是斯巴达克思及时赶去援助,那五个军团就难逃全军覆没的厄运了。

双方一直激战到天黑,斯巴达克思损失了一万二千多人,克拉苏也损失了一万多人。

因为兵力少于敌人,斯巴达克思在当天晚上便拔营离开了。

克拉苏的军队紧紧跟着他们,却不敢贸然向他们进攻。

斯巴达克思在峻峭的高山上扎了营,决定在那儿等待有利的时机。他说服了康尼克斯和卡斯杜斯,让他们明白了团结一致的重要性;并使他们懂得,在敌强我弱的情况下,要尽量避免与克拉苏交战,最好是用旋磨打圈的行动与他周旋,寻找机会突然进攻和打垮他。

斯巴达克思利用险要的山势在毕齐尼扬附近驻扎了三天。第四天晚上,狂风暴雨突然地逞起凶威来了。斯巴达克思率领军队在暴雨中悄悄地沿着山路向克拉罗蒙特强行军。

克拉苏在八天之后才追上了他。这位将军占领了一处要地,把斯巴达克思的营垒封锁在山中。

而这时候,康尼克斯和卡斯杜斯又脱离了大营,把自己的军团在六里远的地方扎了营。

克拉苏用了两天的时间来观察地形,接着,他派了一个军团,趁着黑夜在卡斯杜斯和康尼克斯的营垒后面的山上埋伏起来。这个军团的指挥官叫玛梅尔古斯,他害怕天亮后士兵的铠甲在阳光下会闪光,便命令士兵们用树枝遮住头盔和铠甲。于是,他埋伏得非常成功。可是,在他埋伏的山冈上,有一座小小的朱庇特神庙。

这天中午,密尔查牵了一头白山羊来到了神庙,为起义军祈求神的庇佑。在走近神庙时,她发现了隐蔽的罗马士兵。密尔查当即沉住气,装作什么也没有发现。祭祀完后,她迅速地下了山,赶到康尼克斯那儿警告他山上有伏兵,然后又到斯巴达克思那儿报告。

康尼克斯和卡斯杜斯立即命令军队向山冈上的伏兵发起猛攻。

开战后,克拉苏立即派出了两个军团,斯巴达克思也派出了两个军团。

激战直到夜幕降临时才停止。双方的伤亡都不小,都在一万人以上。康尼克斯和卡斯杜斯都阵亡了。战斗结束后,斯巴达克思让队伍稍作休整,拂晓前便沿着山路向毕台里亚山进发。

克拉苏经过这次战斗后,不禁后悔起来,觉得不该这么匆忙向罗马元老院求援,因为这时他已经大大地削弱了起义军的力量,他不想把胜利的殊荣让给那两个罗马将军。他决定赶在他们到来之前就结束战争,于是,他把六万大军的指挥权交给了副将斯克罗发,命令他紧紧追踪斯巴达克思,不让他们喘息,不让他们获取任何时间。他自己率两万军队到附近地区征集兵士,组成了新的军团。

斯巴达克思不知道跟在他后面的只有斯克罗发的六万兵力,于是不停地进行旋磨打圈地行军,想把克拉苏引到一个不能发挥优势兵力的地方再与他交战。斯克罗发紧跟不舍,不时地乘机攻打他们的后卫部队,曾经有整中队的后卫队向他投降,可他把他们统统吊死在树上。

斯巴达克思来到卡茹恩特河畔时,由于连日暴雨使河水猛涨,无法渡河。罗马军追上来后,立刻从后方发起猛攻。

斯巴达克思只好背水一战了。他命令军团列成战阵,发表了简短的演说,告诉战士们,后方就是河水,毫无退路,如果不能取胜就将全军覆没!面对严酷的生死抉择,起义军向敌人发起了猛烈的进攻。由于敌我力量相当,而起义军的进攻又异常凶猛,罗马军很快就溃败了。

斯克罗发的大腿和脸部都受了伤,好不容易才被骑兵队救了出来。

这一仗,罗马人损兵一万多人,而起义军不过数千。

克拉苏接到斯克罗发大败的消息后,急忙率领新旧兵士三万八千人匆匆赶来,在修利爱整编了遭到惨败的军队。得到斯巴达克思在离西里维亚不远的布拉达纳斯河畔扎了营的情报后,他就率军向那里进发。

这天,斯巴达克思的营垒里来了克拉苏的两个使者,交给他一封信。在信中,克拉苏建议与斯巴达克思在离双方营垒各十里的地方会晤。

斯巴达克思接受了这个建议。

第二天中午,双方如约来到了一座废弃的罗马贵族的别墅。

"您好,英勇的斯巴达克思!"

"您好,光荣的玛尔古斯·克拉苏!"

双方互表了敬意,面对面地站着,默默地相互打量着。

令克拉苏惊奇和恼怒的是,他的心里竟不由自主地涌起对这位大逆不道的角斗士的敬佩。

斯巴达克思望着这位强硬的对手,心里揣度着他将说些什么。

终于,克拉苏开口了:"投降吧!这是你最后也是唯一的选择。"

"为什么?胜败还未定论呢!"

"不!你已经没有取胜的可能了。因为庞培和卢古鲁斯的大军正在向这儿赶来,几天后,你们将被彻底消灭!如果你现在向我投降,你马上可以在我的军中担任副将之职。"

"哦,伟大的将军,你想让我出卖我的士兵吗?那么我告诉你,这是不可能的!我将和我的士兵们同生共死!我想这会晤可以结束了,免得你多费口舌。"斯巴达克思彬彬有礼却又桀骜不驯地回答。

"我给你一天的时间,请再考虑考虑!"克拉苏不无钦佩地说。

"谢谢美意!我会在战场上给你最好的回答的!"斯巴达克思向他行了一个军礼,"再会,将军!"

目送斯巴达克思纵身上马而去的身影,克拉苏低声说:"真是一条好汉!"

斯巴达克思回到营垒后,立刻下令拔营出发。他们渡过了布拉达纳斯河,在向毕台里亚进发的途中,骑兵侦察员们在半路上俘获了一个罗马十夫长。他说他是卢古鲁斯派来向西西里总督报信的,卢古鲁斯的军队很快就要从布隆的西出发,到这儿来参与剿灭起义军。

看来,克拉苏说的是真话。起义军面临着生死存亡的选择。斯巴达克思觉得必须在那两支大军到来前,与克拉苏决一死战,如果胜了,还有一线生的希望。于是,他命令军队重新回到布拉达纳斯河畔去,在离河左岸一里左右的地方扎下营垒。在河的右岸,克拉苏的军队也赶来了。当晚,他们也渡过了河,在离起义军只有两里远的地方扎了营。

清晨,当太阳升起的时候,在布拉达纳斯河畔广阔的原野上,两支大军都已列好了战阵。

斯巴达克思巡视了自己的战线,对战士们发表了演说:"弟兄们!这一战将决定我们的命运。在我们的后面是卢古鲁斯,他已经在布隆的西登陆;左面是庞培,他已经向沙姆尼省进发;现在,我们的面前是克拉苏。我们必须与他决一死战,杀开一条血路。与其苟且偷生,毋宁英勇战死!给我们的后代留下鲜血染红的自由与平等的旗帜吧!弟兄们,一步也不要后退,不是胜利就是死亡!"

"不是胜利就是死亡!"

全体将士气冲霄汉地吼道。

斯巴达克思让人牵来他最心爱的努米底亚黑骏马,他突然拔出短剑,猛地向战马的前胸刺去。他边刺边大声地说:"如果打了胜仗,可以从战利品中任意挑选好马,如果我们失败了,那就永远也不需要了!"

"不是胜利,就是死亡!"

"不自由,毋宁死!"

全体起义军发出雷鸣般的怒吼!

斯巴达克思下令吹响了进军的号声。

起义军的队伍以极其猛烈的气势向罗马军冲去,犹如暴雨后汹涌的湍流,无可阻挡。

克拉苏的军队抵挡不住那可怕的冲击,整个战线顷刻便动摇了,退却了。斯巴达克思一看到敌人动摇了,立刻命令第三军团的号手向玛米乌斯发出约定的信号。骑兵队长立刻向敌人的右翼发动攻势。

密切注视着战局的克拉苏立刻向他的骑兵队长发出命令,于是,昆杜斯立刻率领一万五千名骑兵以惊人的速度向玛米乌斯的骑兵冲去。

玛米乌斯的骑兵不得不与近两倍的敌人进行血战。

这时候,罗马副将摩米乌斯率领他的四个军团向起义军的右翼发起猛烈的攻击。葛拉尼克斯看到这情形,立刻把最后两个后备军团拉了上来。

尽管斯巴达克思的队伍出奇地勇猛,然而,当克拉苏把所有后备军团拉上来投入战斗后,罗马军立刻就稳住了阵脚。五万起义军在九万罗马军的攻击下,很快便显得力不从心了。克拉苏和玛梅尔古斯率后备军拼命地围攻斯巴达克思所在的军团,战斗既激烈又残酷。

在罗马军一万五千名骑兵的猛攻下,玛米乌斯的八千骑兵拼到最后,全部壮烈牺牲了。

不论葛拉尼克斯怎样地老练沉着和英勇善战,不论战士们怎样地无畏和顽强,在众多敌人的围剿下,起义军的左翼和右翼渐渐地溃散了。只有斯巴达克思和阿尔托利克斯所在的中线,还在顽强地进行着抵抗。起义者们不再为胜利的幻想所鼓舞,他们只想为自己的生命索取最高的代价,引领着他们的只是复仇的欲望和处于绝境的人所特有的拼死的决心。

惨烈的战斗延续了整整三个钟头。

葛拉尼克斯看到他的队伍被打垮了,就奋身向战斗最激烈的地方冲过去,在杀死了十来个敌人后,他那浑身是伤的身子被十几把短剑刺穿,在流尽鲜血后,悲壮地牺牲了。

骁勇的骑兵队长玛米乌斯也身中数箭从马上摔了下去。

在战线的中央,在斯巴达克思的周围,有阿尔托利克斯、第十一军团的指挥官维斯巴尔德和千余名起义士兵还在浴血奋战。

"克拉苏,你在哪儿?"斯巴达克思不时地呼喊着,"来呀,来和我交战啊!"

殊死的战斗还在持续,斯巴达克思的盾牌几乎成了一面筛子。围剿他们的罗马人越来越多,起义者的人数在急剧地减少,紧挨着他的维斯巴尔德和阿尔托利克斯也先后中箭倒下了。

斯巴达克思一个人被罗马人组成的人环团团围住了,虽然浑身是伤,他那闪电般迅疾挥舞着的短剑却使围着他的人大起恐慌,所有胆敢向他进攻的人都死在了他的剑下,一只向他飞来的投枪刺中了他的左腿,他用右腿跪在尸体上,继续挥舞着短剑。最后,几十支投枪一齐向他飞来,他用盾牌挡开了从前面飞来的,而后面和侧面的却几乎全刺入了他的身体……

在他扑倒在地的一刹那间,他发出了一声沉重的呐喊:"自……由!!"

这是一个月色清明的夜晚,天空星群暗淡,一轮纯净的明月寂然高挂,把一片银光默默地洒向那惨烈的战场。